一億人のための
万葉集

令和天翔け
万葉歌みじかものがたり

二

中村博

JDC

墨絵／中村路子　はねおかじろう

写真／中村博

装幀／仁賀木恵子

改訂新版　はじめに

「令和」

なんと新元号が万葉集から採られた。

世の中は「万葉集」「万葉集」で　持ちきりである。ただに「令和」を求めて・・・。

マスコミのどこを見ても「万葉集」である。

視聴して驚くのは、如何に万葉集が「ミクロ」であったかだ。コメントをする識者の見識の浅さは気の毒なくらいだ。

犬養孝先生も彼岸で嘆いておられるであろう。

「万葉」を一般大衆のものとして象牙の塔から解き放たれた犬養先生。

今に至って、またまた「万葉」は遠くなってしまっている。

それでも「万葉集」が我が国の稀有な文化遺産としての地位を今回の改元が蘇らせた。

好機である。

いささかなりと「万葉」に携わるこの身が、今にして立たねば師の芳恩に背くことになろう。

「一億人のための」と標榜する本書が、新しい万葉の幕開けの一助を果たすべく、ここに筆を改め世にと伝えたい。

「万葉集は、身近なもの」

「こころは同じ　今昔」

「日本人の心　ここにあり」

さあ、開いてみよう、万葉のページを。

さあ、開いてみよう、こころを古典に。

令和に天翔けさせよう、万葉集を。

犬養先生のご遺志に応えるために。

令和元年　初夏・立夏を前にして

はじめに

「万葉」

それは、私にとって、生涯の伴侶となりつつある。

在りし日、犬養孝先生の講義に感銘を受け、犬養万葉の虜《とりこ》になってから、半世紀。

しかし、学究の徒とはならず、受け身での一観賞者に過ぎない日々を過ごしてきた。

その内容も、趣味の域を出ることなく、気の向いたとき、時間のあるとき、名著「万葉の旅」のページを繰り、時には、携えての故地散策程度のものであった。

しかし、このようなスタンスは、一変する。

きっかけは、「万葉の旅」記載故地三〇九ヶ所の完全踏破であった。

故地散策を重ねるうち、次第に募る「欲」が私に取り憑《つ》いた。

記載故地の全てを訪ねてみたい。同じ場所に立ちたい。同じ写真を撮りたい。同じ角度・同じアングルで。出来ることなら、同じ季節の・・・。

探索は、始まった。故地の場所探し、ルート設定、列車便・バス便探し、僻地《へきち》での宿探し。なかでも最大の苦労は、現地での撮影位置の特定。五十年近い歳月がもたらす、風土故地の変貌が待ち受けていた。困難極まる道筋ではあった。特に、運転免許なしの絶滅危惧種人間にとっては・・・。

しかし、計画・出発・道程・位置特定の喜び・帰路の充実感・事後の整理、これらの『わくわく』は、全ての困難を凌駕《りょうが》するに十分であった。

そして、完全踏破。

達成感と共に待っていたのは虚脱感。

虚脱を埋める、つぎの「欲」が、頭をもたげる。

「犬養孝揮毫歌碑の全探訪」。

最新除幕を合わせると、一四二基。

山内英正先生の著書を頼りの全国行脚。

北の果ては釧路、西は五島列島三井楽。

夜を日に継いでの全探訪達成。またまた襲い来る虚脱感。

こうした中、私は、犬養先生の功績に、改めての思いを馳せていた。

先生の数ある功績のなか、特筆すべきは、象牙の塔の中にあった「万葉」を大衆一般のものとし、幾万とも知れない「ファン」を誕生させたこと、これに尽きよう。


現在、万葉の魅力を知らしめる活動に邁進している方々は大勢おられ、成果を挙げておられることも確かである。

それにも拘わらず、「万葉」は、またも遠い存在になりつつあるのが現実である。

犬養先生が、鬼籍に入られて十余年、「犬養万葉ファン」も、高齢化の一途をたどりつつある。

一般の人々、特に若い世代の人たちに、万葉を身近なものとして、その魅力を感じてもらう方法はないものであろうか。

虚脱から抜け出すための模索。犬養先生の功績への思い至り。

ふたつの思いが出会ったとき、「万葉歌みじかものがたり」の構想が生まれた。

万葉歌の訳をやろう。万葉集に収められた歌数は、四五〇〇首余り。全訳に至るには・・・。虚脱を埋めるに十分な道程《みちのり》だ。

さて、もう一方の課題のためには、何が必要か。

難解と思われ、ふつうの人は近づこうともしない万葉歌。これを如何に身近なものにするか。十分な工夫が必要だ。

この課題に応えるための施策その一。

短編の物語風にした歌解釈。

物語にすることで、歌の詠まれた状況・時代を見ることができる。そうすることで、歌の理解は深まり、身近なものとなる。

次に、その二。

歌の現代訳では、作歌の心情を今に再現する方法を目指そう。

一首一首それぞれの歌に込められた万葉人の「歌ごころ」、これを呼び覚まし、作歌時の心を作者に成り代わって表現する。


そのためには、彩《いろどり》のない散文訳でなく韻文調で・・・。

短歌を、五七五七七で訳す。長歌は、七五調。

そして、表現は関西言葉で。

何といっても、万葉時代の中心地は関西。関西言葉がスタンダードであったことに、疑いはない。関西風が『歌ごころ』を伝える最適手法だ。

そこから見えてくる、古代日本の景色、風土、人としての喜び・悲しみ、恋の切なさ・歓喜、愛の姿。

そして、極めつきの施策その三。

先ずの取り付きを容易にするため、「本文」↓「現代訳」でなく、先に「現代訳」を持ってこよう。そして、「本文」も旧仮名遣いをやめ現代仮名遣いに。

こうして、歌ごころ関西訳つきの「万葉歌みじかものがたり」は、誕生した。

文法・古語辞典・古典教養なしで、味わえる万葉。このような本がこれまであったであろうか。

「万葉歌みじかものがたり」により、万葉時代の歌人《うたびと》が、何を、どのように感じ、こころ思いのあれこれを、如何に吟じていたかが、歌の理解と共に見えてくる。

短編物語風の「短か」ものがたり。

現代風で親しみ易い「身近」ものがたり。

その門戸は、いま、あなたの前に開かれています。

初心の方、生徒さん、学生さん、愛好家、指導者の方、老若男女を問いません。

ようこそお越しを。どうぞ、ズイと奥まで、お入りください。


第一巻（歴史編）は、神話の時代から説き起こし平城京遷都までの都が明日香にあった時代の歌々を取り上げ、時代の移り変わりと、その中で歴史を動かし、また時代に翻弄された人々が、それぞれの思いを如何に歌に残し、懸命に生きたかを見てきた。

第二巻は、この時代に生きた「歌聖」柿本人麻呂の宮廷歌人としてではない「人間人麻呂」、同時代を生きた「漂泊の歌人《うたびと》」高市黒人を取り上げ『ものがたり』としての人麻呂編・黒人編を。

それと共に、時代は平城遷都以降になるが、個性的な歌の誕生した時代が生んだ筑紫歌壇の双璧、大伴旅人・山上憶良を取り上げ、政治の中心から離され行く名門大伴家の総帥旅人のままならぬ自負が生んだかの風雅世界を展開する旅人編、後れた栄達に持って生まれた才覚発揮がまま成らず、内省秘めた歌々が、やがては社会派歌人としての歌を残す憶良編を載せる。

※本書に掲載した、万葉故地写真は、犬養孝先生の名著「万葉の旅」掲載写真を元に、著者が現地探索の上同様なアングルで撮影したものである。また、歌碑は、犬養孝先生揮毫になる歌碑を現地に赴き撮影したものを掲載した。

令和天翔け

万葉歌みじかものがたり 二

目次

旅人編

人麻呂編

川音《かわと》高しも

人麻呂は　馬を急がせていた
ここしばらく　吉野行幸《みゆき》の　計《はか》らい事で
妻問《つまど》いが　遠離《ざか》っていた
昨日降った　春の雪
ぬかるみ
馬の足取りが　もどかしい
(新妻《にいづま》を待たせて仕舞《しも》うた　巻向郎女《まきむくのいらつめ》
　待ち焦がれているじゃろう　急がねば)
三輪山を　右手に見ながら
馬は　三輪の大社《おおやしろ》を過ぎた
泥道が続く
霧の立ち込める中　檜原《ひばら》の杜《もり》が見える

《すぐ消える　霞みたいな　思い違《ちゃ》う
　そんな気ぃなら　無理して来《こ》んわ》

巻向《まきむく》の　檜原《ひばら》に立てる　春霞
朧《おぼ》にし思わば　泥《なず》み来《こ》めやも
――柿本人麻呂《かきのもとのひとまろ》歌集――（巻十・一八一三）

夕闇の　訪れに　湿《しめ》り気《け》の広がり
穴師《あなし》川の　橋を渡り　川上に　馬首《ばしゅ》を回《めぐ》らす
(川に　波　立ってきたぞ)

《穴師《あなし》川　波立ってるで　ざわざわと
　弓月《ゆつき》が嶽《たけ》に　雲出てるがな》

穴師川　川波立ちぬ
巻向《まきむく》の　弓月《ゆつき》が嶽《たけ》に　雲居《い》立てるらし
――柿本人麻呂《かきのもとのひとまろ》歌集――（巻七・一〇八七）

（おお　瀬が　鳴っとおる）

《山筋の　川瀬鳴ってる　やっぱりな
弓月《ゆつき》が嶽《たけ》に　雨雲《あまぐも》出てる》

あしびきの《(ざわざわと)》　山川の瀬の　鳴るなえに《(鳴るにつれ)》
弓月《ゆつき》が嶽《たけ》に　雲立ち渡る
――柿本人麻呂《かきのもとのひとまろ》歌集――（巻七・一〇八八）

「今　戻った」
馬を　飛び降り　門前から　呼び掛ける
転《まろ》ぶが如き　出迎えの　巻向郎女《いらつめ》
「雨には　合わずに済んだぞ」
微笑《ほほえ》み　面《おも》伏せる　巻向郎女《いらつめ》
夕餉《ゆうげ》を　済ませ
寛《くつろ》ぎの　ひと時
山間《やまあい》の静寂《せいじゃく》に　川音《かわおと》が　高い

《夜更《よるふ》けた　川の水音　高《た》こなった
今に一荒《ひとあ》れ　直来《じきく》るみたい》

ぬばたまの《(しんしんと)》　夜来《さ》り来《く》れば
巻向《まきむく》の
川音《かわと》高しも　嵐かも疾《と》き
――柿本人麻呂《かきのもとのひとまろ》歌集――（巻七・一一〇一）

至福《しふく》の一夜
激しかった雨脚《あまあし》　次第に　遠退《の》く

弓月が嶽（中央奥）と巻向川

引手《ひきて》の山に

巻向郎女《まきむくのいらつめ》と　人麻呂の　住み処《どころ》
穴師川《あなしがわ》のほとり
庭先の川堤《かわづつみ》に　大きな槻《つき》の木が　葉を広げる

《元気な時に　二人で見たな
門出た処《とこ》の　堤の欅《けやき》
枝満々《いっぱい》に　茂った若葉
そんな満々《いっぱい》　健《すこ》やかお前
末長《な》ご思《おも》た　お前や云《ゆ》うに》

現世《うつせみ》と　思いし時に
携《たずさ》えて　我が二人見し
走出《はしりで》の　堤に立てる
槻《つき》の木の　彼方此方《こちごち》の枝《え》の
春の葉の　茂きが如く
思えりし　妹にはあれど
頼めりし　児らにはあれど

《世の中習《なら》い　逆らい出来ず
陽炎《かげろう》燃える　荒野《あらの》に消えて
天女領巾《ひれ》飛ぶ　天《てん》行くみたい
鳥飛び立って　帰らんみたい
太陽《ひ》ィ沈む様《よ》に　隠れて仕舞《しも》た》

世間《よのなか》を　背《そむ》きし得ねば
陽炎《かぎろい》の　燃ゆる荒野《あらの》に
白拷《しろたえ》の（空高こう）　天《あま》領巾《ひれ》隠《がく》り
鳥じもの（鳥みたい）　朝立ちいまして
入日なす　隠《かく》りにしかば

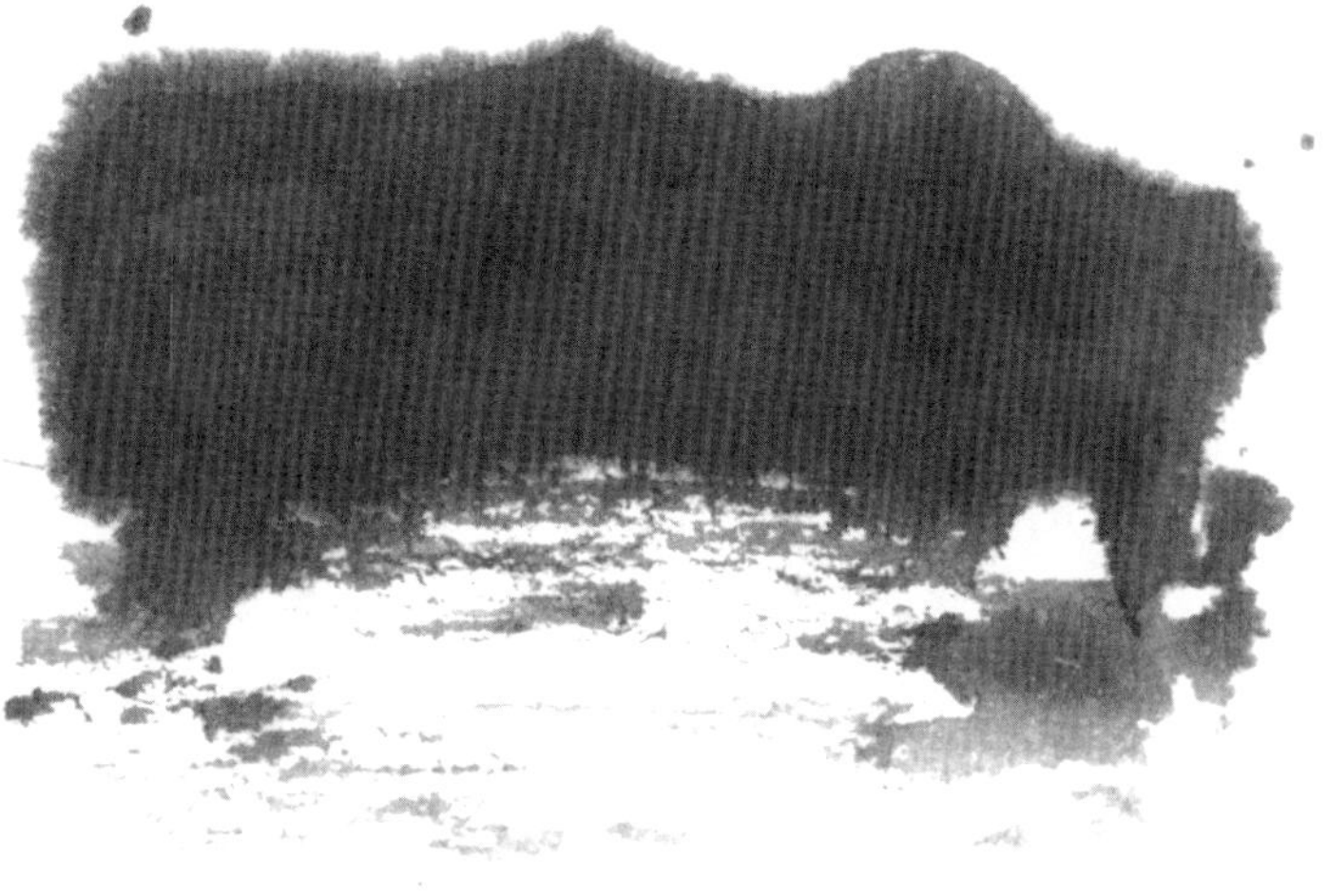

《残った赤ん坊《ぼ》　泣く度《たび》ごとに
取って与える　物とて無《の》うて
乳も出《で》んのに　胸抱きかかえ》

我妹子《わぎもこ》が　形見《かたみ》に置ける
みどり児の　乞《こ》い泣く毎《ごと》に
取り与《あた》う　物し無ければ
（男やに）男じもの　腋《わき》はさみ持ち

《共に暮らした　住まいに籠《こも》り
昼間《ひるま》ぼっとし　夜溜息《よるためいき》し
嘆《なげ》いてみても　どうにもならん
恋しがっても　逢《あ》うこと出来《でけ》ん》

我妹子《わぎもこ》と　二人我が寝し
（並び寝た）枕付く　妻屋《つまや》の内に
昼はも　心寂《うらさ》び暮し
夜はも　溜息《いきづ》明かし
嘆けども　為《せ》ん術《すべ》知らに
恋うれども　逢《あ》う因《よし》を無み

《後《うし》ろの山で　お前の姿
見たと聞いたら　岩道《いわみち》分けて
探しに来たが　甲斐さえ無《の》うて》

大鳥の　羽交《はが》いの山に
我が恋うる　妹は座《いま》すと
人の言えば　石根《いわね》押分《さくみ》て
泥《なず》み来《こ》し　吉《よ》けくもぞ無《な》き

《生きてるはずと　思《おも》てたお前
影も形も　見えん様《よ》なった》

現世《うつせみ》と　思いし妹が
（姿消し）玉かぎる
仄《ほの》かにだにも　見えぬ思えば
——柿本人麻呂《かきのもとのひとまろ》——（巻二・二一〇）

《引手山《ひきて》　お前葬《まつ》って　降りてきた
ひとり生きてく　気ィならんがな》

衾道《ふすまじ》を　引手《ひきて》の山に　妹を置きて
（仕方無う）
山路《やまじ》を行けば　生けりともなし
——柿本人麻呂《かきのもとのひとまろ》——（巻二・二一二）

《去年《きょねん》見た　秋の良《え》え月　今も良《え》え
一緒《いっしょ》見たのに　もう居《お》らへんわ》

去年《こぞ》見てし　秋の月夜《つきよ》は　照らせども
相見し妹は　いや年離《さか》る
——柿本人麻呂《かきのもとのひとまろ》——（巻二・二一一）

槻《つき》の木の住み処《どころ》　嘆きの枯れない　人麻呂がいる

「引手の山」歌碑・後方は竜王山＝引手の山

浦の浜木綿《はまゆう》

(なんとした　ことか)
人麻呂は　苛立《いらだ》っていた
文机《ふづくえ》を前に　小半時《こはんとき》も
(ええい　言葉が　結《むす》べぬ
天皇《すめらみこと》の　寿《ことほ》ぎ歌
身罷《みまか》り人《びと》への　挽《ひ》き歌
次々と　口をついて　出るものを
女人《おみな》への　思慕《おもい》歌
それも　わが思慕《おもい》歌　となると　結べぬ)
人麻呂は　仰向《あおむ》け倒《だお》れに　天井を見る
目を　つぶる
閉じた目に　軽郎女《かるのいらつめ》

「抜くのじゃ　己《おの》が身から　思いを抜くのじゃ」
もう一人の　人麻呂が　囁《ささや》き掛ける

《浜木綿《はまゆう》の　葉ぁ幾重《いっぱい》に　茂ってる
思いも相《そ》やが　よう逢い行かん》

み熊野の　浦の浜木綿《はまゆう》　百重《ももえ》なす
心は思《も》えど　直《ただ》に逢わぬかも
――柿本人麻呂《かきのもとのひとまろ》――（巻四・四九六）

《同《おん》じか　昔の人も　ワシみたい
焦がれ恋して　眠むられんのは》

古《いにしえ》に　在《あ》りけん人も　我が如《ごと》か
妹に恋いつつ　眠《い》ね難《かて》ずけん
――柿本人麻呂《かきのもとのひとまろ》――（巻四・四九七）

（出来たぞ　出来た
我れにも　あらぬ　初《うぶ》な歌じゃ）
（この歌を　贈るとして　返し歌は　どうかな）

《今だけの　こととは違《ちご》て　昔かて
恋して泣いた　今よりもっと》

今のみの　心情《わざ》にはあらず
古《いにしえ》の　人ぞ勝《まさ》りて　哭《ね》にさえ泣《な》きし
――柿本人麻呂《かきのもとのひとまろ》――（巻四・四九八）

《何遍《なんべん》も　来て欲し思う
あんたから　使い来る度《たび》　見る度《たび》ずっと》

百重《ももえ》にも　来及《きし》かぬかもと（来てくれんかと）　思えかも
君が使の　見れど飽かざらん
――柿本人麻呂《かきのもとのひとまろ》――（巻四・四九九）

（自分で　返し歌まで　詠《よ》むか）
人麻呂の頬《ほお》は　緩《ゆる》んでいる

喪明け間なしの　人麻呂に
恋の奴《やっこ》が　取り付いた

《布留《ふる》山の　瑞垣《みずがき》古い　長《なご》ずっと
長《なご》うずうっと　思てんやわし》

娘子《おとめ》らが　袖布留《ふる》山の　瑞垣《みずがき》の
久しき時ゆ　思いき我れは
——柿本人麻呂《かきのもとのひとまろ》——（巻四・五〇一）

《夏雄鹿《なつしか》の　角《つの》短いで　そんな間《ま》も
忘れてへんで　お前の気持ち》

夏野行く　雄鹿《おしか》の角の　束《つか》の間も
妹が心を　忘れて思えや
——柿本人麻呂《かきのもとのひとまろ》——（巻四・五〇二）

『百重なす浦の浜木綿』・新宮市三輪崎孔島《くしま》

《バタバタと　出て来て仕舞《しも》て　お前には
何も言わんで　気掛り頻《しき》り》

玉衣《たまきぬ》の（旅立ちの）　さいさい（さざめき）鎮《しず》み
家の妹に
物言わず来《き》にて　思いかねつも
――柿本人麻呂《かきのもとのひとまろ》――（巻四・五〇三）

《あんた家　一緒住みたい
辿る道　うち忘れんで　死ぬまでずっと》

君が家に　わが住坂《すみさか》の　家道《いえじ》をも
我れは忘れじ　命死なずは
――柿本人麻呂妻《かきのもとのひとまろのつま》――（巻四・五〇四）

離れ住む二人の　歌遣《や》り取りが続く

妹が名喚《よ》びて

捕えて離さぬ　恋の奴《やっこ》
逢《あ》いに行こうなどと　なんと　浅ましい
今しばらくは
せめて　引き受け公務《ごと》を終えるまで

《あの児の家は　軽の里
逢いたい気持ち　満々《いっぱい》や
始終《しょっちゅう》行ったら　人目付く
通《かよ》い過ぎたら　噂《うわさ》立つ》

天飛《あま》ぶや（胸はずむ）　軽の地は
我妹子《わぎもこ》が　里にしあれば
懇《ねもこ》ろに　見まく欲《ほ》しけど
止《や》まず行かば　人目を多み
数多《まね》く行かば　人知りぬべみ

《後《あと》で逢える日　来る思《おも》て
恋しさ我慢　送る日に》

さ根葛《かずら》（まあ良えか）　後《のち》も逢わんと
大船の（何と無う）　思い頼《たの》みて
玉かぎる（我慢して）　岩垣淵の
隠《こも》りのみ　恋いつつあるに

《明《あか》る照る日が　暮れる様《よ》に
月が雲陰　入る様《よ》に
わしを慕《しと》てた　お前やに
黄葉《もみじ》の葉っぱ　散るみたい
逝《い》って仕舞《しも》たと　言《ゆ》う知らせ》

渡る日の　暮《く》れ行くが如《ごと》
照る月の　雲隠《かく》る如《ごと》
沖つ藻の（寄り添うて）　靡きし妹は
黄葉《もみじば》の　過ぎて去《い》にきと
玉梓《たまずさ》の（やって来た）　使の言えば

《話聞いたが　どう言《ゆ》たら
良《え》えか分らん　為《し》も出来ん》

梓弓《あずさゆみ》（不意のこと）　報《おと》に聞きて
言《い》わん術《すべ》　為《せ》ん術《すべ》知らに

《聞いてじっとは　為《し》とれんで
萎《な》えた気持ちが　一寸《ちょっと》でも
治《おさ》まることも　あるかなと
お前の居《お》った　軽の市
行って尋《たず》ねて　探したが》

報《おと》のみを　聞きてあり得ねば
我が恋うる　千重の一重も
慰もる　心もありやと
我妹子《わぎもこ》が　止《や》まず出で見し
軽の市に　我が立ち聞けば

軽の里、軽寺の茂み・橿原市大軽町

《往き来人中《ひとなか》 声は為《せ》ん
人多《よ》数《け》居《お》るに 影見えん》

玉襷《たまだすき》（探したが） 畝傍《うねび》の山に
鳴く鳥の 声《こえ》も聞こえず
玉桙《たまほこ》（大勢の）の 道行く人も
一人だに 似てし行かねば

《虚《うろ》来《き》て仕《し》舞《も》て 名ァ呼んで
袖振り回し 喚《わめ》いたこっちゃ》

術《すべ》を無《な》み
妹が名喚《よ》びて 袖《そで》ぞ振りつる
——柿本人麻呂《かきのもとのひとまろ》——（巻二・二〇七）

《茂ってる 黄葉《もみじ》の山に 迷《まよ》入《い》った
お前探すに 道分れへん》

秋山の 黄葉《もみじ》を茂《しげ》み
迷《まど》いぬる
妹を求めん 山道《やまじ》知らずも
——柿本人麻呂《かきのもとのひとまろ》——（巻二・二〇八）

《あの使い 黄葉時分《もみじじぶん》に また見たら
一緒居《お》った日 思い出《だ》すんや》

黄葉《もみじば》の 散りゆくなえに（時に）
玉梓《たまずさ》（道を行く）の
使を見れば 逢いし日思ほゆ
——柿本人麻呂《かきのもとのひとまろ》——（巻二・二〇九）

悔しさ もどかしさ
悔悟《かいご》の念去りやらぬ 人麻呂

形見《かたみ》とぞ来《こ》し

紀伊国《きのくに》への行幸《みゆき》
太陽《ひ》は　輝き
黒潮　躍《おど》る
温暖の地　紀伊
人麻呂の心は　躍《おど》らない

（この磯　軽郎女《かるのいらつめ》との磯遊び　郎女《いらつめ》の笑い声・・・）

《玉津島　磯の白砂　触《さわ》ろやな
　昔にお前　触《さわ》った砂に》

玉津島　磯の浦廻《うらみ》の　真砂《まなご》にも
映《にお》いて行かな　（染まって行こう）　妹が触《ふ》れけん
——柿本人麻呂《かきのもとのひとまろ》——（巻九・一七九九）

（真砂＝砂・「愛児《まなご》」に通じる）

（藤白坂《ざか》の峠道　眼の下に　黒牛潟《くろうしがた》
玉津島山も見える）

《前の時　お前と見たな　黒牛潟《くろうしがた》
　独り見るんは　寂《さみ》しいこっちゃ》

古《いにしえ》に　妹と我が見し
ぬばたまの（思い出の）　黒牛潟《くろうしがた》を　見れば寂しも
——柿本人麻呂《かきのもとのひとまろ》——（巻九・一七九八）

（由良《ゆら》の崎　郎女《いらつめ》の裳裾《もすそ》に　入江の波が・・・）
《手ぇ繋《つな》ぎ　お前と一緒　来た磯や
見たら悲しして　どうにもならん》

黄葉《もみじば》の（来た時に）　過ぎにし子らと（死んだあの児と）
携《たずさ》わり　遊びし磯を　見れば悲しも
——柿本人麻呂《かきのもとのひとまろ》——（巻九・一七九六）

（大海原　浦々崎々《さきざき》の磯波　松のそよぎ
ここ　岩代《いわしろ》で　有間皇子《ありまのみこ》さん偲んだなぁ）
《有間皇子《おおじ》さん　あんた結んだ　松の枝
帰りの道で　また見たやろか》

後《のち》見んと　君が結べる　岩代の
子松が末《うれ》を　また見けんかも
——柿本人麻呂《かきのもとのひとまろ》——（巻二・一四六）

（あれは　鹿島《かしま》や　二つ並んで・・・
南部《みなべ》の浜　岩　ごろごろと　そのままや）
《寂気《さみしげ》な　荒磯《あらいそ》やけど
お前との　思い出場所と　思《おも》うて来たで》

潮気《け》立つ　荒磯《ありそ》にはあれど
行く水の（慕とった）　過ぎにし妹が　形見《かたみ》とぞ来《こ》し
——柿本人麻呂《かきのもとのひとまろ》——（巻九・一七九七）

歌の　お呼びがない　行幸《みゆき》であった
（わしの　気持ち汲《く》まれての
「ご用なし」であったのか
わし　そのものが「ご用なし」と　なったのか）

漕ぎ別れなん

石見《いわみ》の国
（岩を見る国か・・・）
荒涼《こうりょう》たる　景色が　目に浮かぶ
（歌読みの　わしが　何故《なにゆえ》・・・
宮仕えの　辛《つら》いところか）
（波風　まだ静まらぬと云うに・・・）
《御津崎《みつさき》で　風波避《さ》けて　待つ船の
船頭《せんど》「野島へ　船出《だ》そ」言《ゆ》うた》

御津《みつ》の崎　波を回避《かしこ》み
隠江《こもり》の　船なる君は　野島にと宣《の》る
――柿本人麻呂《かきのもとのひとまろ》――（巻三・二四九）

明石海峡の落日・須磨浦展望台より

赴任の船は　難波の津を離れ　天離《あまざか》る　夷《ひな》へと
人麻呂は　船縁《ふなべり》に立っている
虚《うつ》ろな目　岸辺の風景が　過ぎていく

（侘《わび》しさ　募《つの》る　旅か）
《賑《にぎ》やかな　藻を刈る敏馬《みぬめ》　後にして
草ぼうぼうや　野島の岬》

玉藻刈る　敏馬《みぬめ》を過ぎて
夏草の　野島の崎に　舟近付《づ》きぬ
——柿本人麻呂《かきのもとのひとまろ》——（巻三・二五〇）

（おお　いい日だ　格好《かっこう》の歌情景《げしき》　なのに・・・）
《日ィ沈む　明石の大門《おおと》　振り向くと
大和遠《とお》なる　家さえ見えん》

灯火《ともしび》の（明か明かと）　明石大門《おおと》に　入《い》らん日や
漕ぎ別れなん　家の辺《あた》り見ず
——柿本人麻呂《かきのもとのひとまろ》——（巻三・二五四）

（妻が　思い出される）

《無事でねと　お前結んだ　この紐を
　野島の風が　吹き返しよる》

淡路の　野島の崎の　浜風に
　妹が結びし　紐吹き返す
　――柿本人麻呂《かきのもとのひとまろ》――（巻三・二五一）

（思いの外《ほか》　小ぶりな　赴任船《ぶね》であった）

《藤江浜　鱸《すずき》釣ってる　漁師《りょうし》やと
　見られん違《ちゃ》うか　わし旅やのに》

荒栲《あらたえ》の　藤江の浦に　鱸《すずき》釣る
（人見たら）海人《あま》とか見らん　旅行く我れを
　――柿本人麻呂《かきのもとのひとまろ》――（巻三・二五二）

（旅ごころ　湧く　伝説の印南国原《いなみくにはら》か
　波も高い　もう　かなり来たな）

《印南海《いなみうみ》　次から次と　来る波に
　隠れて仕舞《しも》た　大和の山々《やま》は》

名美《ぐわ》しき　印南《いなみ》の海の　沖つ波
（良え名持つ）千重に隠《かく》りぬ　大和島根は
　――柿本人麻呂《かきのもとのひとまろ》――（巻三・三〇三）

（内海《うちうみ》の島々　擡《もた》げる　歌ごころ）

《にぎやかに　筑紫行き来《き》の　船通《とお》る
　瀬戸島《せとじま》見たら　偉《え》ろ神秘《しんぴ》的やな》

大君の　遠の朝廷《みかど》と　あり通う
　島門《しまと》を見れば　神代し思おゆ
　――柿本人麻呂《かきのもとのひとまろ》――（巻三・三〇四）

過ぎゆく波頭《なみがしら》　景観の展開
歌人《うたびと》人麻呂が　取り戻る

播磨灘の落日・江井が島から沖を望む

野の上《え》のうわぎ

人麻呂を乗せた　赴任の船
穏やかな　内海《うちうみ》を行く

《玉藻綺麗《きれえ》な　讃岐国《さぬき》
国の品良《ひんよ》て　見飽きひん
神宿《やど》って　貴《とうと》いで》

玉藻よし　讃岐《さぬき》の国は
国品格《くにから》か　見れど飽かぬ
神宿《かみから》か　ここだ貴《とうと》き
（偉う貴い）

《神さんお顔　そのままに
日毎良《ひごとよ》うなる　別嬪《べっぴん》や》

天地《あめつち》　日月と共《とも》に
満足《たり》ゆかん　神の御面《みおも》と

《昔《ふる》から続く　那珂《なか》港
そこの港を　出た船は
突如《きゅうに》吹き出す　風に遭《あ》い》

継《つ》続ぎ来《きた》る　那珂《なか》の港ゆ
船浮《う》けて　我が漕ぎ来《く》れば
時つ風　雲居に吹くに

《沖は大波　岸も白波《なみ》
恐ろし海を　避けようと》

沖見れば　とい波（うねり波）立ち
辺《へ》見れば　白波騒ぐ
鯨《いさな》取り（恐ろしい）　海を回避《かしこ》み

《船の楫《かじ》引き　漕ぎ止《や》めて
多数島《ようけ》ある　その中の
狭岑《さみね》の島《しま》に　船寄せて
磯で仮小屋　作るとき》

行く船の　楫《かじ》引き折りて
遠近《おちこち》の　島は多けど
名美《ぐわ》し（良え名持つ）　狭岑《さみね》の島の
荒磯面《ありそも》に　廬《いお》りて見れば

《波音高い　浜陰に
磯を枕で　岩床《とこ》に
誰やら人が　伏せとおる》

波の音《と》の　繁き浜辺を
敷栲《しきたえ》の（寒かろに）　枕になして
荒床《あらとこ》に　自伏《ころふ》す君が

《家分かるなら　知らせるに
妻知ったなら　来《き》も仕様《しょう》に》

家知らば　行きても告げん
妻知らば　来《き》も問わましを

《道も知らんで　気ィ揉《も》んで
妻《よめ》はさぞかし　待ってるやろに》

玉桙《たまほこ》の（訪ねてく）　道だに知らず
朧《おぼ》々しく
待ちか恋うらん　愛《は》しき妻らは
——柿本人麻呂《かきのもとのひとまろ》——　（巻二・二二〇）

沙弥島ナカンダの浜・坂出市番の州緑町

《妻居《よめお》ると　摘《つ》んで供《そな》えて　やったろに
生《は》えてるヨメナ　薹《とう》立ってるで》

妻もあらば　採《つ》みて食《た》げまし
佐美《さみ》の山
野の上《え》のうわぎ　過ぎにけらずや
――柿本人麻呂《かきのもとのひとまろ》――（巻二・二二一）

《波寄せる　寂《さみ》しい磯に　横なって
死んどる人は　憐《あわ》れなこっちゃ》

沖つ波　来《き》よる荒磯《ありそ》を
敷栲《しきたえ》の
（ただ一人）
枕と枕《ま》きて　寝《な》せる君かも
――柿本人麻呂《かきのもとのひとまろ》――（巻二・二二二）

船旅《ふなたび》での遭難
供えの花は
死人《しびと》への　手向《たむ》けか
明日は　我が身への　祈りか

靡《なび》けこの山

人麻呂は
寒風《かんぷう》に吹かれて　石見《いわみ》の　浜を歩いていた
日本海　荒波風《あらなみかぜ》を　まともに受け
岩剥《む》き出しの山　這《は》いつくばる木々
荒涼《こうりょう》そのままを　見せている浜
波打ち際《ぎわ》　打ち寄せる藻《も》　その絡《から》まる様《さま》
人麻呂の眼に　共寝《ともね》の妻依羅娘子《つまよさみのおとめ》が映《うつ》る
胸に湧き上がる　寂寞《せきばく》の気
妻と離れての　都への公務旅《たび》
歌心が　突き上がる

《石見の国の　都野《つの》の浦
皆良え《みんなえ》浜　無《な》い言《い》よる
誰も干潟が　無《な》い言よる
構《かま》へん良《え》えで　浜無《の》ても
構《かま》うもんかい　干潟無《の》て》

石見《いわみ》の海　角《つの》の浦廻《うらみ》を
浦無《な》しと　人こそ見らめ
潟無《かたな》しと　人こそ見らめ
よしえやし　浦は無くとも
（まあ良えが）
よしえやし　潟は無くとも

《せやがこの海　岸向こて
朝は吹く風　夕べ波
青い玉藻や　沖の藻を
荒磯《あらいそ》上に　持って来る》

鯨魚《いさな》取り（そやけども）　海辺を指《さ》して
和田津《にきたづ》の　荒磯《ありそ》の上に
か青なる　玉藻沖つ藻
朝吹来《はふ》る　風こそ寄せめ
夕寄来《はふ》る　波こそ来寄れ

《波と一緒に　寄せてくる
玉藻みたいに　寄り添《そ》うて
寝てたお前を　置いてきた》

波の共《むた》　斯《か》寄り斯《か》く寄り
玉藻なす　寄り寝し妹を
露霜の（可哀想にも）　置きてし来《く》れば

《道の角々《かどかど》　立ち止まり
見返《かえ》り振り向き　来たけども
お前居《お》る里　遠なるし
山高《たこ》なって　隔《へだ》たるし》

この道の　八十隈《やそくま》毎に
万度《よろずたび》　返り見すれど
いや遠に　里は離《さか》りぬ
いや高に　山も越え来ぬ

《胸の潰《つぶ》れる　思いして
偲んどるやろ　お前処《とこ》
わし見たいんや》

夏草の（胸詰まり）　思い萎《しな》えて
偲ぶらん　妹が門《かど》見ん

《山飛んで仕舞《ま》え》

靡けこの山
——柿本人麻呂《かきのもとのひとまろ》——（巻二・一三一）

《恋しいて　高角山《たかつの》の　木《き》の間《あいだ》
振るこの袖を　見たかなあの児》

石見《いわみ》のや　高角山《たかつのやま》の　木《こ》の間《ま》より
我が振る袖を　妹見つらんか
――柿本人麻呂《かきのもとのひとまろ》――（巻二・一三二）

《笹の葉が　ざわざわ揺れる　侘《わび》しいに
別れ来た児で　胸一杯《あふれそ》やのに》

笹《ささ》の葉は　み山もさやに　乱《さや》げども
我れは妹思う　別れ来《き》ぬれば
――柿本人麻呂《かきのもとのひとまろ》――（巻二・一三三）

容赦《ようしゃ》ない　凍《い》てる烈風《れっぷう》
吹きちぎれる　袖　裾
人麻呂の影　霞み行《ゆ》く

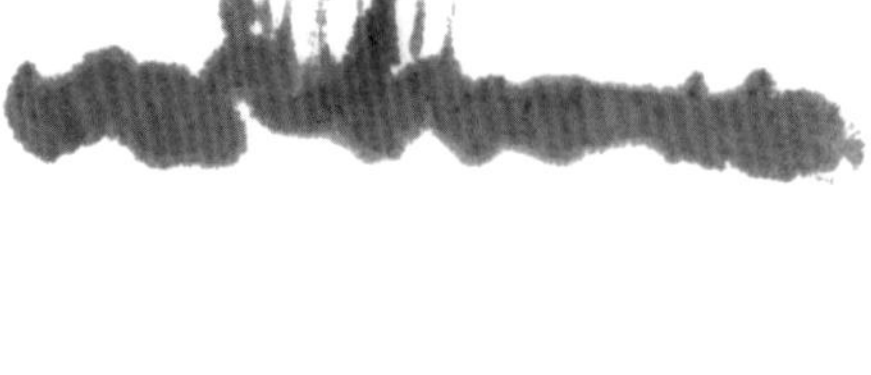

【或る本の反歌】
《恋しいて　高角山《たかつの》で　木《き》の間《あいだ》　袖振ったけど　見たかなあの児》

石見《いわみ》なる　高角山《たかつのやま》の　木の間《こま》ゆも　我が袖振るを　妹見けんかも
——柿本人麻呂《かきのもとのひとまろ》——　（巻二・一三四）

「高角山の」歌碑・江津市都野津町柿本神社

つのさはう

唐鐘浦《からかね》の大洞窟
海蝕崖《かいしょくがい》の断崖　奇観が続く
洞窟に轟《とどろ》き響く　荒波の声
岩礁底《いわそこ》に躍《おど》る　深海松《ふかみる》の翳《かげ》
またしても　思慕《おもい》に映《うつ》る　依羅娘子《よさみのおとめ》

《石見海
唐《から》の崎《みさき》の　海底《うみそこ》の
岩には海松《みる》が　生えとおる
磯には玉藻　育っとる》

つのさはう《（吹き荒れる）》　石見《いわみ》の海の
言騒《ことさえ》く　唐《から》の崎なる
暗礁《いくり（岩勝ちの）》にぞ　深海松《ふかみる》生《お》うる
荒磯《ありそ》にぞ　玉藻は生《お》うる

《靡く藻みたい　寝たあの児
深《ふこ》う心で　思《おも》てたが
寝た夜《よ》なんぼも　あれへんに
置いて出て来て　仕舞たんや》

玉藻なす　靡き寝し児を
深海松《ふかみる》の　深めて思えど
さ寝《ね》し夜は　幾時《いくだ》もあらず
這《は》う蔦《つた》の《（そや云うに）》　別れし来《く》れば

奇観唐鐘浦・大洞窟より見る猫島

《切無《せつの》うなって　振り向くと
渡《わたり》の山の　色付《づ》いた
落ち葉偉《えろ》うに　降ってきて
お前振る袖　見えやせん》

肝《きも》向かう　心を痛《いた》み
(チクチクと)思いつつ　返り見すれど
大船の　渡の山の
(降り注ぐ)黄葉《もみじば》の　散りの乱《まが》いに
妹が袖　清《さや》にも見えず

《お前住んでる　屋上山《やがみ》
雲が照る月　隠す様《よ》に
隠れて仕舞《しも》て　寂《さみ》しなる》

妻隠《ごも》る　屋上《やがみ》の山の
雲間より　渡らう月の
惜《お》しけども　隠《かく》ろい来れば

《お日さん沈み　侘《わび》しなり
なんぼわしでも　泣けてきて
袖を濡らして　仕舞《しも》たんや》

天伝《あま》う　入日射し入れ
（そこさして）
大夫《ますらお》と　思える我れも
敷栲《しきたえ》の　衣の袖は　通りて濡れぬ
（堪らんで）
——柿本人麻呂《かきのもとのひとまろ》——（巻二・一三五）

荒涼たる浜の続く石見の海・江津市和木町

《馬の奴《やつ》　足速《はや》すぎて　過ぎて仕舞《も》た
遥かに望む　あの児の家辺《あた》り》

青駒の　足掻《あがき》を早み
雲居にぞ
妹が辺《あた》りを　過ぎて来《き》にける
——柿本人麻呂《かきのもとのひとまろ》——（巻二・一三六）

《一寸《ちょっと》の間《ま》　落ち葉よ散《ち》るん　待ってんか
あの児の家を　見と思うんで》

秋山に　散らう黄葉《もみじば》
暫《しまし》くは　な散り乱《まが》いそ　妹が辺《あた》り見ん
——柿本人麻呂《かきのもとのひとまろ》——（巻二・一三七）

寄る年波の旅
官務《つとめ》ゆえ　戻りはするが
天候　賊　病気《やまい》
旅は　いつでも　死の覚悟と共にある
それ故の　別離の悲しさ　辛《つら》さ
妻恋しさが　人麻呂を　離さない

大和島見ゆ

長門を経《へ》た　人麻呂の公務旅《たび》
大宰府への　副次報告終え
那《な》の津からの船は　難波《なにわ》の津を目指していた
時化《しけ》の怖さはあるが　沿岸《きし》伝いの船旅《ふなたび》は
陸路の難渋《なんじゅう》を思えば　安全　この上ない
久方ぶりの　大和の地
逸《はや》る心の　人麻呂

（まだ　見えぬのか　大和は）
《印南野《いなみの》の　素通り惜《お》しと　思う間に
恋し加古《かこ》島　おお見えとるが》

印南野《いなびの》も　行き過ぎ難《かて》に　思えれば
心恋しき　加古《か》の島見ゆ
——柿本人麻呂《かきのもとのひとまろ》——（巻三・二五三）

（淡路島　大きゅうなってきた
おお　賑《にぎ》やか　賑やか）
《笥飯海《けひうみ》は　凪《な》いだみたいや
釣り船が　バラバラバラと　出てきとるがな》

笥飯《けひ》の海の　庭好《よ》くあらし
刈薦《かりこも》の（そうらそら）　乱れ出《い》ず見ゆ　海人の釣船
——柿本人麻呂《かきのもとのひとまろ》——（巻三・二五六）

『庭好くあらし笥飯の海』・南あわじ市慶野松原

（うわぁ　大和や　大和や）

《長い道　恋し恋しと　明石来た
海峡《かいきょう》向こに　大和の山や》

天離《あまざか》る（はるばると）　鄙《ひな》の長道《ながじ》ゆ　恋い来《く》れば
明石の門《と》より　大和島《やまとしま》見ゆ
——柿本人麻呂《かきのもとのひとまろ》——（巻三・二五五）

小躍《こおど》りしたい気持ち
それとは　裏腹《うらはら》に
人麻呂の胸に　苦い汁《しる》が　わだかまる
（このまま　地方の官吏《かんり》で終わるのか
あの　誉《ほまれ》は　夢であったか
天武帝に召され
「大王《おおきみ》は　神にしあれば」と詠《うと》うたのは　わしだ
持統帝の覚えは　目出たかった
吉野行幸《みゆき》「山川も依りて仕《つか》える」は絶讃《ぜっさん》を得た
皇子《みこ》達への　挽《ひ》き歌の数々
宮褒《ぼ》めの　寿《ことほ》ぎ歌・・・
あれは　真《まこと》のわしであったのであろうか
時移り　世は変わり
宮廷一の歌人《うたびと》　柿本人麻呂は
どこへ行ったのじゃ
友もいない
分《ぶん》不相応な扱いを受けた　わしに
誰も寄りはしなかった
もう　大和はわしの住むところではないのだ）
（石見《いわみ》は　好《い》い　あそこは　人が住んでいる
依羅娘子《よさみのおとめ》が待っている・・・）
人麻呂の目に　大和島山が　滲《にじ》む

国忘れたる

人麻呂は　夢を見ていた
みんな　礼を言ってくれる
手向《たむ》け歌への礼だ

(これは　狭岑島《さみね》の野伏《のぶ》せ人
ヨメナ　また咲いてますかな)

(あれに　来るのは　香久山《かぐやま》のご仁《じん》ではないか
供《そな》えの歌は　確か・・・)

《誰やろか　こんなとこ来て　死んではる
国はどこやろ　家人《いえ》待つやろに》

草枕　旅の宿りに　誰《た》が夫《つま》か
(気の毒に)
国忘れたる　家待たまくに
——柿本人麻呂《かきのもとのひとまろ》——　(巻三・四二六)

(次なるは　出雲娘子《いずものおとめ》
おぉ　土形娘子《ひじかたのおとめ》と連れどうて
二人とも　火葬《かそう》に付されたので　あったな
憐《あわ》れなことに)

《初瀬《はつせ》山　山の狭間《はざま》に　漂《ただよ》うて
揺蕩《たゆと》う雲は　あの児やろうか》

隠口《こもりく》の　初瀬の山の　山の際《ま》に
浮遊《いさよ》う雲は　妹にかもあらん
——柿本人麻呂《かきのもとのひとまろ》——　(巻三・四二八)

《出雲から　出て来た児ぉの　黒髪が
川底《そこ》で揺《ゆ》らめき　漂うとおる》

八雲さす　出雲の子らが　黒髪は
(傷ましや)
吉野の川の　沖に漂《なずさ》う
——柿本人麻呂《かきのもとのひとまろ》——　(巻三・四三〇)

《出雲の児　霧になったか
山の上　雲と一緒に　棚引いとおる》

山の際《ま》ゆ　出雲の児らは　霧なれや
吉野の山の　嶺に棚引く
――柿本人麻呂《かきのもとのひとまろ》――（巻三・四二九）

（次のお方・・・
これは　人麻呂さまでは　ありませぬか
人麻呂さまは　まだ　ご存命のはず
よって　手向《たむ》けの歌は　ご用意致しておりませぬ
無《な》いのでございます　無いといったら　無い！）

「ご主人さま！　ご主人さまぁ！
しっかりなさいませ　うなされておりますぞ」
お供《とも》に　揺り動かされ
ぼんやりと　目を覚ます人麻呂

先日来の　高熱　流行《はや》りの熱病か
石見《いわみ》へと向かう　国境《くにざかい》の山の奥
朦朧《もうろう》とした意識の中　人麻呂の口が　微《かす》かに動く
「もう　い　か　ん　お迎え　じゃ
山中《さんちゅう》の亡骸《なきがら》は　見苦しい
引き取りは　石見国庁の　丹比笠麿《たじひのかさまろ》殿に・・・・
依羅娘子《よさみのおとめ》には　歌を託す　筆　筆を・・・」
当代きっての　歌人《うたびと》　柿本人麻呂
虚《うつ》ろな目は　嶺の雲を　追っている

【四二六番　類歌】

《可哀想《かわいそ》に　妻の手枕《てまくら》　するはずが
草枕《まくら》して　臥《ね》てるやなんて》

家にあらば　妹が手巻かん
草枕（それやのに）　旅に臥《こ》やせる　この旅人《たびと》哀《あわ》れ
――聖徳太子《しょうとくたいし》――（巻三・四一五）

鴨山の

しみじみと　見る　依羅娘子《よさみのおとめ》
人麻呂が託した歌

《鴨山で　岩枕して　死ぬのんか
何《な》も知らへんと　お前待つのに》

鴨山の　岩根し枕《ま》ける　我れをかも
知らにと妹が　待ちつつ居《あ》るらん
――柿本人麻呂《かきのもとのひとまろ》――（巻二・二二三）

（あなた　有難う　間際《まぎわ》まで　私のこと）
（あの「靡《なび》けこの山」の　私の返《かえ》し歌
覚えていますか　心配した通りでしたよ）

《安心し　あんた言《ゆ》うけど
逢えるのん
何時《いつ》やと思て　待ったら良《え》んや》

な思いと　君は言えども
逢わん時（逢える時）
何時《いつ》と知りてか　我が恋いず居《あ》らん
――依羅娘子《よさみのおとめ》――（巻二・一四〇）

（いつも　言ってましたね「雲は良《い》い」って
だから　荼毘《だび》にしました）
（灰は　霧の立つ　山間《やまあい》の川に
好きだった海にも　行けますね）

《もうあんた　逢われんのやな
せめて雲　立ち昇ってや　偲びにするに》

直《ただ》の逢いは　逢いかつましじ（もう叶わへん）
石川に　雲立ち渡れ　見つつ偲ばん
――依羅娘子《よさみのおとめ》――（巻二・二二五）

《どこ居《お》るん　今か今かと　待ちよるに
　　貝と一緒《いっしょ》に　居《お》る言《ゆ》うのんか》

今日今日と　我が待つ君は
石川の
貝に混じりて　居《あ》りと言わずやも
――依羅娘子《よさみのおとめ》――（巻二・二二四）

（丹比笠麿《たじひのかさまろ》さまが
あなたに代わって　返《かえ》し歌を下さいました）

《波寄せる　玉を枕に　ここ居《お》ると
　　誰ぞ代わりに　言《ゆ》てくれんかな》

荒波に　寄りくる玉を　枕に置き
我れここに居《あ》りと　誰《たれ》か告げなん
――丹比笠麿《たじひのかさまろ》――（巻二・二二六）

（村の人　私の気持ちを　詠《うた》ってくれたの）

《もうあんた　ここの田舎で　眠《ね》てるのに
　　恋し恋しで　死に相《そ》やうちは》

天離《あまざか》る　鄙《ひな》の荒野に　君を置きて
（この佗し）思いつつあれば　生けりともなし
――作者不詳――（巻二・二二七）

「歌人《うたびと》人麻呂」としてでなく
一人の「人」としての　安らかな眠り

『岩根し枕ける鴨山』・島根県美郷町湯抱

引手《ひきて》の山に　【或る本】

《元気な時に　二人で見たな
すっくと立った　百枝欅《ひゃくえだけやき》
枝満々《いっぱい》に　茂った若葉
そんな満々《いっぱい》　健《すこ》やかお前
末長《な》ご思《おも》た　お前やのんに》

現世《うつそみ》と　思いし時に
携《たずさ》わり　我が二人見し
出立《いでたち》の　百枝槻《ももえつき》の木
彼方此方《こちごち》に　枝伸《えださせ》るごと
春の葉の　茂きが如く
思えりし　妹にはあれど
頼めりし　妹にはあれど

《世の中習《なら》い　逆らい出来ず
陽炎《かげろう》燃える　荒野《あらの》に消えて
天女領巾《ひれ》飛ぶ　天《てん》行くみたい
鳥飛び立って　帰らんみたい
太陽《ひ》ィ沈むよに　隠れて仕舞《しも》た》

世間《よのなか》を　背《そむ》きし得ねば
陽炎《かぎろい》の　燃ゆる荒野《あらの》に
白拷《しろたえ》の　天領巾隠《あまひれがく》り（空高こう）
鳥じもの　朝立《た》ち行きて（鳥みたい）
入日なす　隠《かく》りにしかば

《残った赤ん坊《ぼ》　泣く度《たび》ごとに
何もあてがう　物とて無《の》うて
乳も出《で》んのに　胸抱きかかえ》

我妹子《わぎもこ》が　形見《かたみ》に置ける
みどり児の　乞《こ》い泣く毎《ごと》に
取り授《まか》する　物し無ければ
男じもの（男やに）　腋《わき》はさみ持ち

《共に暮らした　住まいに籠《こも》り
昼間《ひるま》ぼっとし　夜溜息《よるためいき》し
嘆《なげ》いてみても　どうにもならん
恋しがっても　逢《あ》うこと出来《でけ》ん》

我妹子《わぎもこ》と　二人我が寝し
枕付《づ》く（並び寝た）　妻屋《つまや》の内に
昼はも　心寂《うらさ》び暮し
夜はも　溜息《いきづき》明し
嘆けども　為ん術《すべ》知らに
恋うれども　逢う因《よし》を無み

《後《うし》ろの山で　お前の姿
見たと聞いたら　岩道《いわみち》分けて
探しに来たが　甲斐さえ無《の》うて》

大鳥の　羽交《はが》いの山に
汝が恋うる　妹は座《いま》すと
人の言えば　石根押分《さくみ》て
泥《なず》み来《こ》し　吉《よ》けくもぞ無《な》き

《生きてるはずと　思《おも》てたお前
悔しいことに　灰成《な》って仕舞《も》た》

現世《うつせみ》と　思いし妹が
灰にて座《いま》せば
――柿本人麻呂《かきのもとのひとまろ》――（巻二・二一三）

《引手《ひきて》山　お前葬《まつ》って　降《お》りてきた
ひとり生きてく　気ィならへんわ》

衾道《ふすまじ》（仕方無う）を　引手の山に　妹を置きて
山路《やまじ》思うに　生けりともなし
――柿本人麻呂《かきのもとのひとまろ》――（巻二・二一五）

《帰り着き　家に入《はい》って　寝床《とこ》見たら
お前の枕　転《ころ》がっとおる》

家《いえ》に来て　我が屋を見れば
玉床《たまどこ》の　外《ほか》に向きけり　妹が木枕《こまくら》
――柿本人麻呂《かきのもとのひとまろ》――（巻二・二一六）

《去年《きょねん》見た　秋の良《え》え月　渡るけど
一緒《いっしょ》見たのに　もう居《お》らんがな》

去年《こぞ》見てし　秋の月夜《つきよ》は　渡れども
相見し妹は　いや年離《さか》る
――柿本人麻呂《かきのもとのひとまろ》――（巻二・二一四）

竜王山＝引手の山、手前は大和神社裏の溜池

靡《なび》けこの山　【或る本】

《石見の海は　港無《な》い
皆良《みんなえ》え浜　無《な》い言《い》よる
誰も干潟が　無《な》い言《い》よる
構《かま》へん良《え》えで　浜無《の》ても
構《かま》うもんかい　干潟無《の》て》

石見《いわみ》の海　津の浦を無《な》み
浦無《な》しと　人こそ見らめ
潟無《かたな》しと　人こそ見らめ
よしえやし（まあ良えが）　浦は無くとも
よしえやし　潟は無くとも

《せやがこの海　岸向こて
朝は来る波　夕べ風
青い玉藻や　沖の藻を
荒磯《あらいそ》上に　持って来る》

鯨魚《いさな》取り　海辺を指《さ》して
（そやけども）
和田津《にきたづ》の　荒磯《ありそ》の上に
か青く生《お》うる　玉藻沖つ藻
明け来れば　波こそ来寄れ
夕来《さ》れば　風こそ来寄れ

《波と一緒に　寄せて来る
玉藻みたいに　寄り添《そ》うて
わしが一緒に　袖交わし
寝てたお前を　置いてきた》

波の共《むた》　斯《か》寄り斯《か》く寄り
玉藻なす　靡き我が寝し
敷栲《しきたえ》の　妹が手本《たもと》を
（いとおしい）
露霜の　置きてし来《く》れば
（可哀想にも）

《道の角々《かどかど》　立ち止まり
見返《かえ》り振り向き　来たけども
お前居《お》る里　遠なるし
山高《たこ》なって　隔《へだ》たるし》

この道の　八十隈《やそくま》毎に
万度《よろずたび》　返り見すれど
いや遠に　里は離《さか》りぬ
いや高に　山も越え来ぬ

《愛《いと》しお前が　わし思て
胸の潰《つぶ》れる　思いして
嘆いとるやろ　角《つの》里を
わし見たいんや》

はしきやし（いとおしい）　我が妻の子が
夏草の（胸詰まり）　思い萎《しな》えて
嘆くらん　角《つの》の里見ん

《山飛んで仕舞《ま》え》

靡《なび》けこの山
——柿本人麻呂《かきのもとのひとまろ》——（巻二・一三八）

《恋しいて　打歌《うった》の山の　木《き》の間《あいだ》
振るこの袖を　見たかなあの児》

石見《いわみ》の海　打歌《うった》の山の　木《こ》の間《ま》より
我が振る袖を　妹見つらんか
——柿本人麻呂《かきのもとのひとまろ》——（巻二・一三九）

黒人編

猪名野《いなの》は見せつ

《あの児には　猪名野《いなの》は見せた
名次山《なすぎやま》　角《つの》の松原　この次見せよ》

我妹子《わぎもこ》に　猪名野は見せつ
名次山《なすぎやま》　角《つの》の松原　何時《いつ》か示さん
——高市黒人《たけちのくろひと》——（巻三・二七九）

将来《すえ》を契《ちぎ》った　女官がいた
今日の　行幸《みゆき》に　同行している
若い　高市黒人《たけちのくろひと》の心　自《おの》ずとの華《はな》やぎ

旅好きな　黒人《くろひと》
風光を求めて　あちこちの名勝を　訪ねてきた
女官の鶴女《たづめ》にも
『いずれ　共に愛《め》でよう』と　約していた
図《はか》らずもの　今日の行幸《みゆき》
猪名野《いなの》の景勝
手を携《たずさ》えてでは　無いものの
見せることが出来た

好天に恵まれた　遊覧の行幸《みゆき》
西摂津　真野《まの》までの　足延《のば》しが　決まる
ここ　敏馬《みぬめ》から真野まで
騎馬なら　夕べまでの往還《おうかん》だ
女官らは　留め置かれ　官人らによる　榛原《はりはら》遊行
官人ら　思い思い　榛《はん》の木の林に入り
衣を摺《す》りつけ　香《かおり》と色を　楽しむ
これが　家人《いえびと》　思い人《びと》への　土産となる

《さあ皆《みんな》　早よう大和《やまと》へ　帰ろうや
榛原菅《はりはらすげ》を　土産に採《と》って》

いざ児ども　大和へ早く
白菅《しらすげ》の　真野《まの》の榛原
（土産にと）
手折《たお》りて行かん
――高市黒人《たけちのくろひと》――（巻三・二八〇）

夕闇せまる　敏馬《みぬめ》の浜
月の出を待つ　男《おのこ》と女《おみな》
「黒人様《くろひと》　榛原《はりはら》の眺め　良うございましたか
わたくしも　ご一緒しとう　ございましたに」

《行く時と　帰る時とに
あんたはん　見たんやろうな　あの榛原《はりはら》を》

白菅《しらすげ》の　真野《まの》の榛原
（眺め良え）
往《ゆ》く時《さ》来《く》時《さ》
君こそ見らめ　真野の榛原
――高市黒人《たけちのくろひと》の妻――（巻三・二八一）

（鶴女《たづめ》と居《お》ると　素直になれる）
肩を　そっと抱き寄せる　黒人《くろひと》
渚に　月影が　波の端《は》に映《は》えて　揺れている

【羇旅《きりょ》歌】

《ここの原　昔の人も　来て採《と》って
衣摺《ふく》染《そ》めた云う　真野榛原《まのはりはら》や》

古《いにしえ》に　在《あ》りけん人の　求めつつ
衣《きぬ》に摺《す》りけん　真野の榛原
――作者未詳――（巻七・一一六六）

古《いにしえ》の人に

大津宮陥落の後《のち》　十数年が過ぎ
持統天皇の御代《みよ》
父　天智天皇の供養にと　近江への行幸《みゆき》
高市黒人《たけちのくろひと》は　従賀の一員として　参じていた
人麻呂も　同行だ
（当代一との　声望の歌人《うたびと》と　一緒だ
わしとて　歌詠《よ》みとして　立身《りっしん》の望みはある
人麻呂殿から　学ぶ　良い機会じゃ）

帝のお召《めし》
人麻呂は詠《うた》う

《畝傍《うねび》の山の　橿原の
神武《じんむ》の御代《みよ》を　始めとし
引き継ぎ来《きた》る　大君《おおきみ》の
治め給いし　都やに・・・》

玉襷《たまだすき》　畝傍の山の
（神聖な）
橿原の　統一《ひじり》の御代ゆ
生《あ》れましし　神の悉《ことご》と
栂《つが》の木の　いや継ぎ継ぎに
（途切れ無う）
天《あめ》の下　統治《しらしめ》ししを・・・
——柿本人麻呂《かきのもとのひとまろ》——（巻一・二九の一部）

神々《こうごう》しくも　朗々と
並ぶ無き　声調　気魄《きはく》
聞きいる者　すべて　黙《もく》し
人麻呂　一人の世界が　広がる

公《おおやけ》の　歌奏上《そうじょう》が済み　湖畔に佇《たたず》む　影二つ
「素晴らしい　歌謡《うたい》でござった
人麻呂殿で無《の》うては　ああは行き申さぬ
私《わたくし》めも　励みを重ね
少しでも　近付《づ》きとう存じます」
「いやいや　精一杯でござる
天皇《おおきみ》を前にしての歌詠《よ》み
全身全霊での　なせる仕業《わざ》」
人麻呂は　顎鬚《あごひげ》を　撫《な》ぜる
「ところで　黒人《くろひと》殿
ここは　今は亡き　天智帝の旧都
鎮魂《ちんこん》の歌　いかがかな」

《この古い　都見てたら　泣けてくる
古い時代の　自分《ひと》違《ちゃ》うのんに》

古《いにしえ》の　人に我れあれや
楽浪《さざなみ》(荒れ果てた)の　旧《ふる》き京《みやこ》を　見れば悲しき
——高市黒人《たけちのくろひと》——（巻一・三二）

《ここの国　作った神さん　心萎《な》え
京《みやこ》荒れてる　悲しいこっちゃ》

楽浪《さざなみ》(ここ居った)の　国つ御神《みかみ》の　心《うら》寂《さ》びて
荒れたる京《みやこ》　見れば悲しも
——高市黒人《たけちのくろひと》——（巻一・三三）

（こやつ　なかなかの歌詠《よ》み　心の迸《ほとばし》りはないが
沁《し》み沁《じ》みたるものを　秘めておるわい）
人麻呂の心中《こころなか》　察する術《すべ》無く
黒人《くろひと》の背に　冷汗が流れる
（人麻呂殿に　披露するような歌か
競おうなどと　百年早いわ
弾ける魂《たましい》が　欲しいものじゃ・・・）
湖畔に　吹き下ろす　比良の風
黒人《くろひと》の　胸に　寒い

崇福寺址から望む「大津京址」・湖水手前雑木林下あたり

呼びぞ越ゆなる

《天皇《おおきみ》さんは　神さんや
吉野の川の　河淵《かわふち》に
御殿《やかた》造られ　登り見る》

やすみしし（偉大なる）　我が大君
神《かん》ながら（さながらに）　神《かん》さびせすと（神の如くに）
吉野川　激《たぎ》つ河内《かわち》に
高殿を　造営《たかしり》まして
登り立ち　国見をせせば

《青々繁り　連《つら》なれる
山の神さん　飾《かざ》りやと
春には花を　咲かせはり
秋には黄葉《もみじ》　作りはる》

畳《たたな》わる（連なれる）　青垣山
山神《やまつみ》の　奉《まつ》る御調《みつき》と
春べは　花かざし持ち
秋立てば　黄葉《もみじ》かざせり

《山裾沿うて　流れてる
川の神さん　御馳走《ごちそう》と
上流《かみ》で鵜飼を　楽しませ
下流《しも》で網取り　させなさる》

行き沿《そ》う　川の神も
大御食《おおみけ》に　仕え奉《まつ》ると
上《かみ》つ瀬に　鵜川《うかわ》を立ち
下《しも》つ瀬に　小網《さで》さし渡す

《山や川　みんな仕える　天皇《おおきみ》さんに》

山川も　依《よ》りて仕える　神の御代かも
――柿本人麻呂《かきのもとのひとまろ》――　（巻一・三八）

《山川の　神も仕《つか》える　天皇《おおきみ》が
逆巻く川に　船出《だ》しなさる》

山川も　依《よ》りて仕える　神《かん》ながら
激《たぎ》つ河内《かわち》に　船出《ふなで》せすかも
――柿本人麻呂《かきのもとのひとまろ》――　（巻一・三九）

吉野行幸《みゆき》
新装成《な》った　宮滝離宮
人麻呂の　天皇讃歌《さんか》が　響く

（なんと　白々《しらじら》しくも　詠《うた》えるものだ
寿《ことほ》ぎ言葉の紡《つむ》ぎ　溢れ出る情感《こころ》
山の神　川の神をも　ひれ伏せさせる　天皇《おおきみ》
その天皇《おおきみ》まで　見下ろすかのような　詠《うた》い声
そう聞くのは　わしの僻心《ひがごころ》か
天皇《おおきみ》の偉業　これに勝《まさ》る　治世はない
それにしても・・・）

（もう　長歌はやらぬ
従賀歌なぞ　詠《うた》わぬぞ
このお人には　付いて行けぬわ）

夕刻　宮滝の淵　独り佇《たたず》む　黒人《くろひと》
郭公《かっこう》が　一羽　鳴き去ってゆく

《郭公鳥《かっこどり》　象《きさ》の中山　鳴き越えた
大和《やまと》へ行って　鳴いてんやろか》

大和には　鳴きてか来《く》らん　呼子鳥《よぶこどり》
象《きさ》の中山　呼びぞ越ゆなる
——高市黒人《たけちのくろひと》——（巻一・七〇）

（どうして　わしの歌は　こうも影を帯びるのか
人の情《こころ》　自分の心を　素直に　詠《うた》えぬのか）
自分への　苛立《いらだ》ちを　覚える　黒人がいた

（両歌は時期を異《こと》にすると考えられるが　物語の展開上　同時期とした）

象の中山・喜佐谷から望む

船《ふな》泊《は》てすらん

ひと月半に及んだ　三河行幸《みゆき》から　戻り
心知れた　従賀人《じゅうがびと》の　別れ宴《うたげ》が　持たれていた
留守居の　誉謝女王《よさのおおきみ》　長皇子《ながのみこ》も　同座
和《なご》やかな　一時《ひととき》が　過ぎていた
長意吉麻呂《ながのおきまろ》が　座を仕切る

「吾輩《それがし》の歌　一番と思うにより
真っ先の披露といたす」

《引馬野《ひくまの》の　榛《はん》の林で　木に触《さわ》り
衣《ころも》に色を　染めて土産に》

引馬野に　映《にお》う榛原《はりはら》
入り乱れ　衣《ころも》映《にお》わせ　旅の記念《しるし》に
――長忌寸意吉麻呂《ながのいみきのおきまろ》――（巻一・五七）

「どうじゃ　なかなかのものであろう
さあ　次じゃ　舎人娘子《とねりのおとめ》殿」

《的方《まとかた》の　海は良《え》えなあ
立派《ええ》男　弓引くみたい　清々《すがすが》しいて》

大夫《ますらお》の　得物矢《さつや》手挿《たばさ》み　立ち向かい
射る的方《まとかた》は　見るに清《さや》けし
――舎人娘子《とねりのおとめ》――（巻一・六一）

「これは　これは　伊勢の　的方《まとかた》
思い出すのう　さあ　誉謝女王殿《よさのおおきみ》」

《長い旅　衣《ころも》の端に　風吹いて
寒い夜《よ》あんた　一人寝《ね》やろか》

長らうる　妻吹く風の　寒き夜に
我が背の君は　独りか寝《ぬ》らん
——誉謝女王《よさのおおきみ》——（巻一・五九）

「おお　これはこれは　仲の良いこと
衣の褄《つま》にことよせ
早く帰れとの　妻の吹く　溜息風《ためいきかぜ》か」

「それでは　ご妻女《さいじょ》を　行幸に出された　長皇子殿《ながのみこ》
心境は　如何《いかが》かな」

《長旅を　続けたお前　名張来て
ここで泊まりの　宿取ったんか》

宵《よい》に逢いて　朝面無《あしたおもな》み
隠《なばり》にか　日《け》長き妹が　廬《いおり》せりけん
——長皇子《ながのみこ》——（巻一・六〇）

「夜明けの恥じらい　顔隠しの　名張か
子を仰山《ぎょうさん》になした　長皇子《ながのみこ》にして　いや　お若い」

「ところで　黒人殿《くろひと》は　婚儀《こんぎ》も近いとか
相手は誰じゃ　式は何時《いつ》じゃ」
「来春　早いうちに　相手は　鶴女《たづめ》と申す」
「ああ　越の国から来たという
いつぞやの猪名野・敏馬《みぬめ》の睦《むつ》まじさ　名高いぞ
それにしても　長く待たせたものじゃ
無理もない
黒人殿《くろひと》　出世が　いま一つであったからのう」

口さがない　長意吉麻呂《おきまろ》　黒人《くろひと》は　苦笑《にがわら》いする

「それにしても　めでたい
それで　黒人殿《くろひと》の歌はどうした」

《あの小舟　どこで泊まりを　するんやろ
さっき安礼崎《あれさき》　過去《い》ったあの舟》

何処《いずく》にか　船泊《ふなは》てすらん　安礼の崎
漕ぎ廻《た》み去《い》きし　棚無し小舟《おぶね》
――高市黒人《たけちのくろひと》――（巻一・五八）

「これは　聞きしに勝る　暗い歌
まあ　はじけるように笑う　鶴女《たづめ》と
いい取り合わせじゃ」

ほろ酔いで　我が家《や》に戻る　黒人《くろひと》を
思いも懸《か》けぬ　知らせが　待っていた

『安礼の崎』・豊川市御津町音羽川河口

二見《ふたみ》の道ゆ

黒人《くろひと》は　放浪していた
鶴女《たづめ》から　音沙汰《おとさた》なしの　三月《みつき》が過ぎる
官の勤めも　滞《とどこお》りがち

あの夜・・・
「なに　鶴女《たづめ》が　国に帰ったというか」
生国《くに》で　床《とこ》に伏したままの　病《やまい》の父親
その看病の母も倒れたという
「行幸《みゆき》途上での知らせ　私的なこと故
お知らせを見合せており　申し訳ありません」
・・・家人《かじん》の声が　今も　耳にある

今日も　鶴女《たづめ》との　思い出の地に出向く
難波潟の　島々を見やる　黒人《くろひと》

《四極山《しはつ》　越えたら見えた
笠縫《かさぬい》の　島に隠れた　棚なし小舟《おぶね》》

四極山《しはつ》　うち越え見れば
笠縫の　島漕ぎ隠《かく》る　棚無し小舟《おぶね》
——高市黒人《たけちのくろひと》——　（巻三・二七二）

《武庫泊《むこどまり》　船を漕ぎ出す　船頭ら
良《よ》う見えてるで　住吉浜《すみのえ》で》

住吉《すみのえ》の　得名津《えなつ》に立ちて
見渡せば
武庫の泊りゆ　出《い》づる船人《ふなびと》
――高市黒人《たけちのくろひと》――（巻三・二八三）

今日も　今日とて　足は　山背《やましろ》多賀へ

《もっと早よ　来たら良かった
山背《やましろ》の　多賀《たが》の槻森《つきもり》　黄葉《はア》散って仕舞《も》た》

早《と》く来ても　見てましものを
（見たら良かった）
山背の
多賀の槻群《つきむら》　散りにけるかも
――高市黒人《たけちのくろひと》――（巻三・二七七）

足は伸び　三河
本海道　姫街道の分岐　追分《おいわけ》に　黒人《くろひと》の姿

《二見道《ふたみ》　男と女　別れ所《どこ》
離れるもんか　お前とわしは》

妹も我れも　一つなれかも
三河なる
二見の道ゆ　別れかねつる
――高市黒人《たけちのくろひと》――（巻三・二七六）

（鶴女《たづめ》との旅
わしが　一・二・三の戯《ざ》れ歌を　詠《うた》いし折
鶴女が　返した歌が　思い出される
なんと　今を　暗に　示しおったか）

『高の槻群』・京都府井手町高神社登り口

《三河国　ここの二見《ふたみ》で　別れたら
あんたもうちも　一人旅やで》

三河の　二見の道ゆ　別れなば
我が背も我れも　独りかも行かん
――高市黒人《たけちのくろひと》――（巻三・二七六、一本云）

（ああ　鶴が　飛んで行く　鶴が　鶴が・・・）

《年魚市潟《あゆちがた》　潮引いたんや
桜田へ　鶴鳴きながら　飛び行きよるで》

桜田へ　鶴《たづ》鳴き渡る
年魚市潟《あゆちがた》　潮干《ひ》にけらし　鶴鳴き渡る
――高市黒人《たけちのくろひと》――（巻三・二七一）

《なんと無《の》に　物恋しさの　旅やのに
丹塗《あか》り船が　沖向《む》こて去《い》く》

旅にして　物恋しきに
山下の
赤《あけ》の丹塗《そほ》船　沖へ漕ぐ見ゆ
――高市黒人《たけちのくろひと》――（巻三・二七〇）

（官《おやくめ》の船が　大和へ　帰って行く
わしも　戻らねば　ならぬな
誰も居《お》らぬ　大和へ）

この日暮れなば

帰着の黒人《くろひと》に　官よりの命《めい》が　届いていた
《勤め　懈怠《けたい》につき　今以降《いこう》の出仕《しゅっし》を　停止《ちょうじ》す》

黒人《くろひと》は　旅の空にいた
官の　拠《よ》り所《どころ》を失くし
寄る辺《べ》は　心の支え　鶴女《たづめ》

黒人《くろひと》の足　近江から　湖西　越前へ
しなざかる　越への道

《磯の崎　漕いで回ると　湖開《うみひら》け
あちこち湊　鶴群《つるむ》れ鳴くよ》

磯の崎　漕ぎ廻み行《た》けば
近江の海
八十《やそ》の湊に　鶴多《たづさわ》に鳴く
――高市黒人《たけちのくろひと》――（巻三・二七三）

（何処《いずく》に　居《お》ろうや　鶴女《たづめ》）

《そうやから　嫌や言《ゆ》たのに
近江京《ふるみやこ》　見さすやなんて　罪《つみ》作りやで》

斯《か》く故《ゆえ》に　見じと言うものを
楽浪《さざなみ》の（荒れ果てた）
旧《ふる》き都《みやこ》を　見せつつもとな（甲斐無う見せな）
――高市黒人《たけちのくろひと》――（巻三・三〇五）

《夜も更けた　沖へ出らんと　この船は
比良の湊で　泊まりに仕様《しよう》や》

我が船は　比良の湊に　漕ぎ泊《は》てん
沖へな離《さか》り　さ夜更けにけり
――高市黒人《たけちのくろひと》――（巻三・二七四）

《連れ立って　漕ぎ行った船
高島の　安曇《あど》の湊で　泊まったやろか》

率《あども》いて　漕ぎ行く船は
高島の　安曇の湊に　泊《は》てにけんかも
――高市黒人《たけちのくろひと》――（巻九・一七一八）

安曇の湊・南舟木にて

己《おの》が心を　直《なお》に出さず　歌に心を通わせる
景を詠み　景を見せ　背後に　心が滲《にじ》む
人恋しさ
自分恋しさの　世界
鶴女《たづめ》との　別れが
黒人《くろひと》の歌を　他の追随《ついずい》許さぬ　高みへと　導く

勝野の原・高島市勝野にて

《日ィ暮れる　何処《どこ》泊まったら　良《え》えんやろ
　原っぱ続き　高島勝野《たかしまかちの》》

何処《いずく》にか　我れは宿らん
高島の
勝野の原に　この日暮れなば
――高市黒人《たけちのくろひと》――（巻三・二七五）

加賀を抜け　雪深い　越中へ　黒人《くろひと》の旅は続く

《降る雪が　薄《すすき》薙《な》ぎ臥《ふ》す　婦負《めひ》の野で
　宿借りるんは　悲してならん》

婦負の野の　薄《すすき》押し靡《な》べ
降る雪に
宿借る今日し　悲しく思ほゆ
――高市黒人《たけちのくろひと》――（巻十七・四〇一六）

旅人編

いよよ清《さや》けく

船は　敏馬《みぬめ》の沖を過ぎて行く
岸では　藻を刈る娘子《おとめ》ら
さざめきが　波の音と共に　聞こえくる
喜々として　見やる　大伴郎女《おおとものいらつめ》
後姿《うしろすがた》に　旅人《たびと》の眼差《まなざ》しが　注がれている

筑紫への船旅
中納言《ちゅうなごん》職にあっての　大宰帥《だざいのそち》としての赴任
老年期を迎えた身には　堪《こた》える任官である
遥々《はるばる》の航路と共に
中央政界との隔絶《へだたり》が　心に重い
ただ一つの　安らぎは　郎女《いらつめ》の同行であった
老境を迎えつつあるとは云え
顔《かんばせ》は　若々しく
ふとした仕草《しぐさ》に　童女《おとめ》が香る

泊りを重ね　船は　鞆《とも》の浦に　碇《いかり》を下《おろ》していた
物憂《う》い旅の　慰《なぐさ》みにと
翌朝《よくあさ》　仙酔島《せんすいじま》への島渡り
神の霊が宿る　むろの木
年を経《へ》た巨木に　郎女《いらつめ》は　はしゃいでいた

太古そのものの自然
心躍《おど》らせ　逍遥《しょうよう》する旅人《たびと》
木々を縫《ぬ》って　流れ下《くだ》る　清い流れ
不意のこと　旅人の胸に　象《きさ》の小川が蘇生《よみがえ》る
年老《お》いての　鄙《ひな》への赴任
もう　見られぬかとの　不安と回顧の心に
わだかまっていた　象《きさ》の小川への思い

（あれは　首《おびと》親王が　聖武帝として即位された
神亀元年（724）の春三月
吉野離宮行幸《みゆき》の時であった
久方ぶりの　吉野
変わらず　清い流れが　そこにあった）

《吉野宮《よしのみや》
山好《え》えよって　貴《とうと》いし
川好《え》えよって　清《きよ》らかや
長《なご》うずうっと　続いてや
何万年も　続いてや
大君《きみ》が来《き》なさる　ここの宮》

み吉野の　吉野の宮は
山品格《やまから》し　貴《とうと》く在《あ》らし
川品格《かわから》し　清《さや》けく在《あ》らし
天地《あめつち》と　長く久しく
万代《よろずよ》に　変らず在《あ》らん
行幸《いでまし》の宮
——大伴旅人《おおとものたびと》——（巻三・三一五）

《今見たら　前よりずっと　良《よ》うなった
象《きさ》の清流《ながれ》の　清々《すがすが》しさよ》

昔見し　象《きさ》の小川を　今見れば
いよよ清《さや》けく　成りにけるかも
——大伴旅人《おおとものたびと》——（巻三・三一六）

（瞑目《めいもく》すれば　瞼《まぶた》に浮かぶ川瀬
今も耳に残る　潺湲《せんかん》たる渓流《ながれ》の音
ああ　今一度　見たいものだ）
旅人の思いは　飛ぶ
遥か　大和へ　吉野へと・・・

象の小川・喜佐谷山中の流れ

瀬には成らずて

神亀五年（728）春
大宰帥《だざいのそち》　旅人《たびと》からの回状
赴任早々の　小野老《おののおゆ》歓迎宴《うたげ》の誘い

「先ずは老《おゆ》どの
貴殿の歌がなくては始まらぬ」
旅人が促す

《賑《にぎ》やかな　奈良《なら》の京《みやこ》は　色映《は》えて
花咲くみたい　今真っ盛り》

青丹《あおに》よし　奈良の京《みやこ》は
（賑わえる）
咲く花の
映《にお》うがごとく　今盛りなり
――小野老《おののおゆ》――（巻三・三二八）

「おお　早速に　京《みやこ》恋しの歌か
いやいや我らへの　京《みやこ》伝えの手土産《てみやげ》歌と見た」

《大君《おおきみ》の　治めてなさる　この国で
やっぱり京《みやこ》　好《え》えなと思う》

やすみしし　我が大君の
（輝ける）
統治《しき》ませる
国の中《うち》には　京《みやこ》し思おゆ
――大伴四綱《おおとものよつな》――（巻三・三二九）

《ここ筑紫　藤花《ふじ》が盛りや　それやのに
やっぱり小野老《あんた》　恋しか京《みやこ》》

藤波の　花は盛りに　なりにけり
奈良の京《みやこ》を　思おすや君
――大伴四綱《おおとものよつな》――（巻三・三三〇）

「四綱《よつな》殿も　京《みやこ》か　ほんに　わしもじゃが」

《も一遍《いっぺん》　若返りたい　そやないと
奈良《なら》の京《みやこ》を　見られんままや》

我が盛り　また変若《おち》めやも
殆々《ほとほと》に（もう多分）
奈良の京《みやこ》を　見ずかなりなん
――大伴旅人《おおとものたびと》――（巻三・三三一）

《この命　も一寸《ちょっと》だけも　延《の》びんかな
象《きさ》の小川を　また見たいんで》

我が命も　常に在《あ》らぬか
昔見し
象《きさ》の小川を　行きて見んため
――大伴旅人《おおとものたびと》――（巻三・三三二）

《何やかや　つらつらつらと　思う度《たび》
明日香《あすか》の故郷《さと》が　懐かしのんや》

浅茅原《あさじはら》（あれやこれ）
つばらつばらに（切に　つくづく）
もの思《も》えば
故《ふ》りにし郷《さと》し　思おゆるかも
――大伴旅人《おおとものたびと》――（巻三・三三三）

《忘れ草　身ぃ付けるんは　香具《かぐ》山の故郷《さと》
忘れときたい　思うてからや》

忘れ草　我が紐に付く
香具山の
故《ふ》りにし里を　忘れんがため
――大伴旅人《おおとものたびと》――（巻三・三三四）

《筑紫には　長《な》ご居《お》らんから　夢の淀入江《わだ》
浅瀬ならんと　淵《その》まま居りや》

我が赴任《ゆき》は　久にはあらじ
夢の淀入江《わだ》
瀬には成らずて
淵《ふち》に在《あ》らぬかも
――大伴旅人《おおとものたびと》――（巻三・三三五）

「京京《みやこみやこ》と　女々《めめ》しいぞ　わしは筑紫の歌じゃ」
《珍しい　筑紫の真綿《まわた》
まだわしは
着《き》とらんけども　温《ぬく》そに見える》

しらぬい　筑紫の綿は
（舶来の）身に着けて　未《いま》だは着ねど
暖かに見ゆ
――沙弥満誓《さみまんせい》――（巻三・三三六）

「どこの女のことじゃ　相変わらず」　老《おゆ》が囃《はや》す
満誓の比喩歌《ひゆうた》で　座は一挙盛り上がる
末席　興《きょう》に加わらない憶良《おくら》がいる
旅人が　はるか主座《しゅざ》から　声を掛ける
「憶良殿　酒も進まぬようじゃが
どうじゃ　一首召《め》されぬか」

《憶良めは　もう帰ります　子ぉ泣くし
女房《よめ》もこのわし　待ってますんで》

憶良らは　今は罷《まか》らん
子泣くらん
そのかの母も　我を待つらんぞ
――山上憶良《やまのうえのおくら》――（巻三・三三七）

（身内奉仕か　喰えぬ男じゃ）
渋い顔の旅人《たびと》　杯をあおる

夢の淀《わだ》入江・象の小川の落ち口付近

濁《にご》れる酒を

(わしは　酒に逃げて居《お》るのではない
それにしても　しらっと　中座しおって
あの筑前（憶良）め)

朝まだき　奥の座敷
文机《ふづくえ》を前に　端座《たんざ》する旅人《たびと》がいる
机の上　大徳利
なみなみと注がれた酒坏《さかづき》

(人は　どうして　酒を飲むのか
愉《たの》しきにつけ　悲しきにつけ
一杯目　これが　また美味《うま》い
一杯の酒が　次を呼ぶ・・・
また一杯　もう一杯　さらに一杯・・・・
やがて　酔いつぶれ・・・
もう　金輪際《こんりんざい》との　二日酔い・・・・
醒《さ》めぬうちの　酒坏《さかづき》・・・
性懲《しょうこ》りもなくの　繰り返し・・・・)
(酒に　罪があろうか
酒は　飲むべきもの　讃《ほ》むべきもの)

《仕様《しよう》もない　考えせんと　一杯の
どぶろく酒を　飲む方《ほ》が良《え》えで》

験《しるし》無き　物を思わずは
一坏《ひとつき》の
濁《にご》れる酒を　飲むべくあるらし
——大伴旅人《おおとものたびと》——（巻三・三三八）

《酒のこと　聖《ひじり》やなんて　適切《うま》いこと
言《ゆ》うたもんやな　昔の聖人《ひと》は》

酒の名を　聖《ひじり》と仰《おお》せし
古《いにしえ》の　大き聖《ひじり》の　言《こと》のよろしさ
――大伴旅人《おおとものたびと》――（巻三・三三九）

《名ぁ高い　七賢人《ななけんじん》も　人並みに
欲しがったんは　酒やでやっぱ》

古《いにしえ》の　七の賢《さか》しき　人共《ども》も
欲《ほ》りせしものは　酒にしあるらし
――大伴旅人《おおとものたびと》――（巻三・三四〇）

《偉《えら》ぶって　講釈《ものゆう》よりは　酒飲んで
泣いてる方が　良《え》えんと違《ちゃ》うか》

賢《さか》しみと　物言うよりは
酒飲みて
酔泣《えいな》きするし　勝《まさ》りたるらし
――大伴旅人《おおとものたびと》――（巻三・三四一）

《なんやかや　言《ゆ》たり思《おも》たり　為《し》てみても
行き着くとこは　やっぱり酒や》

言わん術《すべ》　為《せ》ん術《すべ》知らず
極《きわ》まりて
貴《とうと》きものは　酒にしあるらし
――大伴旅人《おおとものたびと》――（巻三・三四二）

《酒壺に　成って仕舞《しも》うて　酒に染《し》も
鳴かず飛ばずの　人生よりか》

なかなかに（なまじっか）　人と在《あ》らずは
酒壺《つぼ》に　成りにてしかも（成りたいもんや）
酒に染《し》みなん
――大伴旅人《おおとものたびと》――（巻三・三四三）

（わしが　真面《まとも》なのか
あやつが　正当《まとも》なのか・・・）
酒付《づ》き合いの悪い　相手と
ついつい　酒に溺《おぼ》れる　自分
忸怩《じくじ》たる思いの　旅人がいる

猿にかも似《に》る

《ああ嫌《いや》や
　酒も飲まんと　偉そうに
　　言《ゆ》う顔見たら　猿そっくりや》

あな醜《みにく》　賢《さか》しらおすと(偉ぶってから)　酒飲まぬ
人をよく見れば　猿にかも似《に》る
――大伴旅人《おおとものたびと》――　（巻三・三四四）

「まあ　どう　なされたのですか」
散らばる短冊《たんざく》に　呆《あき》れかえる　郎女《いらつめ》
頭を抱《かか》える旅人《たびと》を　覗きこむ
「こんな　朝早くに　珍しいこと
おや　朝酒ですか？」
「・・・いや　酒ではない　水じゃ
たまには　徳利《とくり》と酒坏《さかづき》から
酒気《さかけ》を抜いてやろうと　思うたまでじゃ」

「あれ
これは　まさか　筑前《ちくぜん》さまのことでしょうか
お気の毒に　猿だなんて
あのお方　私《わたし》は　好きですよ
真面目《まじめ》でいらっしゃる
お酒飲みの　あなたよりもね」
にこりと　微笑《ほほえ》む郎女《いらつめ》に　思わず苦笑した旅人
「では　わしも　酒気《さかけ》を抜かねば　なるまいて」

《値付《づ》けさえ　出来《け》ん高値の　宝より
酒一杯が　わしには好《え》えで》

価《あたい》無き　宝と云うとも
一坏《つき》の　濁《にご》れる酒に
あに増さめやも（勝たれはせんぞ）
——大伴旅人《おおとものたびと》——（巻三・三四五）

《夜光玉《やこうだま》　そんなもんより　酒飲んで
憂《う》さ晴らす方《ほ》が　良《え》え決まってる》

夜光《ひか》る　玉と云うとも
酒飲みて
心を遣《や》るに　あに及《し》かめやも（及びはせんわ）
——大伴旅人《おおとものたびと》——（巻三・三四六）

《風流の　道を極めて　澄ますより
酔うて泣く方《ほ》が　良《え》えのん違《ちゃ》うか》

世間《よのなか》の　遊《みや》びの道に　勝《すす》しきは（勝るんは）
酔泣《えいな》きするに　あるべかるらし
——大伴旅人《おおとものたびと》——（巻三・三四七）

《この世さえ　楽し出来《け》たら　次の世は
虫とか鳥に　成っても良《え》えで》

この世にし　楽しくあらば
来《こ》ん生《よ》には
虫に鳥にも　我れはなりなん
――大伴旅人《おおとものたびと》――（巻三・三四八）

《人何時《いつ》か　死ぬと決まった　もんやから
生きてるうちは　楽しゅう過ごそ》

生ける人　遂にも死ぬる
ものにあれば
この世なる間《ま》は　楽しくを在《あ》らな
――大伴旅人《おおとものたびと》――（巻三・三四九）

《澄まし込み　賢振《かしこぶ》るより　酒飲んで
泣いてる方が　まだ増し違《ちゃ》うか》

黙然《もだ》おりて　賢《さか》しらするは
酒飲みて
酔泣《えいな》きするに　なお及《し》かずけり
――大伴旅人《おおとものたびと》――（巻三・三五〇）

「郎女《いらつめ》　やはり　酒じゃ　酒を持て
徳利《とくり》も酒坏《さかづき》も　しょんぼりして居《お》る」
笑いを堪《こら》えて　酒を運ぶ　郎女《いらつめ》
そこには　剛毅《ごうき》な旅人《たびと》が
顎鬚《あごひげ》を撫でて　待っていた

空《むな》しきものと

日は　とっぷりと暮れていた
旅人《たび》館《とやかた》の門を潜《くぐ》る人がいる
筑前《ちくぜん》国府からはそう遠くない
遅すぎた弔問《ちょうもん》だ
悲しみに打ちひしがれる旅人《たびと》
その額《ひたい》に　縦皺《たてじわ》が寄る
（喰えん男が　今頃に・・・）

《都離《はな》れて遠い　筑紫へと
子供みたいに　付いて来て
一息吐《つ》く間　無いままで
年月そんな　経《た》たんのに
思いも寄らん　ことなった》

大君の　遠《とお》の朝廷《みかど》と
（この国の）
しらぬい　筑紫の国に
（はるばると）
泣く子なす　慕い来まして
息だにも　未《いま》だ休めず
年月も　未《いま》だ経《あ》らねば
心ゆも　思わぬ間《あいだ》に
（夢にさえ）
うち摩き　臥《こや》しぬれ

《どしたら良《え》えか　分からへん
応《こた》えよらんわ　石や木も
奈良に居《お》ったら　こんなこと
ならんかったに　なぁお前
どない為言《せゆ》んや　このわしに
二人仲良う　暮らそやと
言《ゆ》うてたお前　もう家居《ここお》らん》

言わん術《すべ》　為《せ》ん術知らに
石木《いわき》をも　問い放《さ》け知らず
家ならば　形《かたち》は在《あ》らんを（生きとれたのに）
恨《うら》めしき　妹の命《みこと》の
我れをばも　如何《いか》にせよとか
鳰鳥《におどり》の（仲良うに）　二人並び居《い》
語らいし　心背《そむ》きて
家離《さか》りいます
——山上憶良《やまのうえのおくら》——（巻五・七九四）

《家帰り　どしたら良《え》んや　このわしは
寝床《ねどこ》見たかて　寂《さみ》しいだけや》

家に行きて　如何《いか》にか我が為《せ》ん
枕づく（二人寝た）　妻屋《つまや》寂しく　思おゆべしも
——山上憶良《やまのうえのおくら》——（巻五・七九五）

《可愛《かい》らしに　あんな屡々《いっぱい》　甘え来た
そんな気持に　応《こた》えられんで》

愛《は》しきよし
斯《か》くのみからに　慕《した》い来《こ》し
妹が心の　術《すべ》もすべなさ（痛ましことよ）
——山上憶良《やまのうえのおくら》——（巻五・七九六）

《悔しいな　こんなことなら　眺め良《え》え
筑紫国中《くにじゅう》　見せたったのに》

悔しかも　斯《か》く知らませば
青丹《あおに》よし（ここの良え）
国内《くぬち》悉《ことごと》と　見せましものを
——山上憶良《やまのうえのおくら》——（巻五・七九七）

《梅檀《せんだん》の　花散り相や　思い出《で》の
縁無《よすがの》うなる　癒《い》えもせんのに》

妹が見し　楝《あうち》の花は
散りぬべし
我が泣く涙　未《いま》だ干《ひ》なくに
——山上憶良《やまのうえのおくら》——（巻五・七九八）

《大野山《おおのやま》　霧立ってるで　わし嘆く
溜息溜《ためいきた》まり　霧なったんや》

大野山　霧立ち渡る
我が嘆く
溜息《おきそ》の風に　霧立ち渡る
——山上憶良《やまのうえのおくら》——（巻五・七九九）

（形の弔問《ちょうもん》多い中《なか》
わしと心を同じうすべくの歌作りを・・・）
「憶良《おくら》殿・・・」
差し出す手に　旅人《たびと》の歌

《人の世は　空《から》っぽなんや　知らされた
思てたよりか　ずっと悲しで》

世の中は　空《むな》しきものと
知る時し
いよよ増々　悲しかりけり
——大伴旅人《おおとものたびと》——（巻五・七九三）

無言で　頷《うなず》く　憶良
老境の二人の眼に　乾ききらぬ涙

大宰府都府楼址から見る大野山

我が手枕《たまくら》を

《この手枕《まくら》　愛《いと》しお前が　してたのに
もう為《し》て寝るん　居《お》らんわ誰も》

愛《うつく》しき　人の纏《ま》きてし
敷拷《しきたえ》の（この腕《かいな》）
我が手枕《たまくら》を　纏く人居《あ》らめや
――大伴旅人《おおとものたびと》――　（巻三・四三八）

（寂《さび》しさは　日に日に募《つの》ると云《ゆ》うが
よう言《ゆ》うたもんじゃ）

葬儀の日から　旬日《じゅんじつ》
初七日も終え　やっと　人心地《ひとごこち》ついた旅人《たびと》
ひしひしと迫る　寂寥感《さみしさ》
何を見ても　思い出すのは　郎女《いらつめ》のこと
夕闇せまり　もの影が　朧《おぼろ》になると　胸が痛い
眠りにと　延べた床《とこ》は　身に冷たく沁《し》みる

朝廷から　弔問《ちょうもん》の使者
悔《くや》みの賜《たまわ》り物持っての訪れ
もう　あれから　二か月
気は　取り戻したものの
旅人に　昔日《せきじつ》の覇気《はき》はない
使者　石上堅魚《いそのかみのかつお》は　気を利《き》かせた
「旅人殿　お役目は終わった
折角の下向《げこう》じゃ　基山《きやま》の眺めを　望みたい
どうじゃ　案内《あない》は適《かな》わぬかのう」

抜けるような　青空
遥かな眺めは　気宇《きう》を　荘大にし
筑紫の山々の緑が　目に沁《し》みる
（共に来て　よかったであろう）
堅魚《かつお》は　旅人《たびと》を思いやって　詠《うた》う

《そこへ来て　鳴いてる鳥の　ほととぎす
卯《う》の花連れて　来たんかお前》

霍公鳥《ほととぎす》　来《き》鳴き響《とよ》もす
卯の花の
共にや来《こ》しと　問わましものを（尋きたいもんや）
——石上堅魚《いそのかみのかつを》——（巻八・一四七二）

遥かを見やっていた　旅人
思い直したかに　応《こた》える

《ほととぎす　散った橘花《たちばな》　恋しいと
焦がれ鳴く日が　この頃多《お》いで》

橘の　花散る里の　霍公鳥《ほととぎす》
片恋しつつ　鳴く日しぞ多き
——大伴旅人《おおとものたびと》——（巻八・一四七三）

堅魚《かつお》の発句《ほっく》の
「霍公鳥《ほととぎす》」を　詠《よ》み込みはしたものの
旅人の心は　郎女《いらつめ》から　離れられずにいた

香椎《かしい》の潟《かた》に

大宰府《だざいふ》官人の許《もと》
旅人《たびと》からの　招請文《よびだしじょう》が届く
《豊前守《ぶぜんのかみ》　宇努首男人《うののおびとおひと》殿　遷任《せんにん》につき
香椎廟《かしいびょう》参拝兼ねての　別れの宴《うたげ》
開催これありにつき　是非ともの参集を乞う》
（おお　帥《そち》殿からの　お誘いじゃ
これは　気を取り戻された証《あか》し
行かずばなるまい）

香椎廟《かしいびょう》
仲哀《ちゅうあい》天皇御霊鎮《みたましず》めにと
神功《じんぐう》皇后発願《ほつがん》の　霊《れい》安置の堂
ここは　主賓　宇努首男人《うののおびとおひと》　豊前《ぶぜん》国府と
大宰府《だざいふ》往還《おうかん》の通過地
それを慮《おもんばか》っての　旅人の計《はか》らいであった
宴《うたげ》翌朝《よくあさ》　旅人の　号令が　発せられた

《さあみんな　香椎《かしい》の潟《かた》で　袖濡らし
朝の御菜《おかず》に　海藻《うみも》を摘《つ》もや》

いざ子ども　香椎の潟に
白妙《しろたえ》の
（出掛け行き）
袖さえ濡れて　朝菜摘《つ》みてん
——大伴旅人《おおとものたびと》——（巻六・九五七）

溌剌《はつらつ》とした　応年を思わす　旅人の声
官人らは　我勝《われが》ちにと　浜へと走る
小野老《おののおゆ》も　旅人の　活気に感じ入り　詠《うた》う

《風吹いて　香椎《かしい》の潟《かた》に　潮寄せる
潮引《ひ》いてる間《ま》ぁに　藻ぉ採《と》って仕舞《ま》お》

時つ風　吹くべくなりぬ　香椎潟《かしいがた》
潮干《ひ》の浦に　玉藻刈りてな
――小野老《おののおゆ》――（巻六・九五八）

主賓男人《おひと》も　応《こた》える

《行き帰り　常時《いつも》見てた　香椎潟《かしいがた》
明日《あした》からもう　見られんのんや》

行き帰り　常に我が見し　香椎潟
明日ゆ後《のち》には　見ん縁《よし》も無し
――宇努首男人《うののおびとおひと》――（巻六・九五九）

旅人の快活《かいかつ》は
西下《さいか》同行の　家持《やかもち》の機転であった
叔母《おば》坂上郎女《さかのうえのいらつめ》（旅人の異母妹）を　急遽《きゅうきょ》の使者での呼び寄せ
旅人は　徐々に　気概《きがい》を取り戻していたのだ

瀬戸《せと》の磐《いわお》も

数日後
旅人《たびと》は　大宰府《だざいふ》近くの　次田《すきだ》の温泉《ゆ》にいた
くつろぐ　旅人の姿

《温泉《おゆ》の湧《わ》く　原で鳴く鶴　鳴き詰《づ》めや
わしと同じに　妻恋しいか》

湯の原に　鳴く葦鶴《あしたづ》は
我が如く
妹に恋うれや　時置《わか》ず鳴く
——大伴旅人《おおとものたびと》——（巻六・九六一）

そこには
自らの　悲しみに　閉じ籠もる　旅人は居ない
更に足を伸ばし　薩摩《さつま》の瀬戸
ここは
養老四年（720）征隼人《せいはやと》将軍として来た
旧来《きゅうらい》の地

《隼人国《はやとくに》　瀬戸の岩磯《いわいそ》　すごいけど
鮎飛ぶ滝の　吉野が上や》

隼人《はやひと》の　瀬戸の磐《いわお》も
鮎走る
吉野の滝に　なお及《し》かずけり（はるか及ばん）
——大伴旅人《おおとものたびと》——（巻六・九六〇）

（あの時　わしは中納言
壬申大乱《じんしんたいらん》での功績《こうせき》を期に
中央政界に名を成した　父大伴安麻呂《やすまろ》
父は　大納言にまで昇進し
今　わしが勤める大宰帥《だざいのそち》に
昔を思わせる　大伴家再興間近と思いしに
いつの間に台頭したか　藤原不比等
着々とに勢力伸ばし
今は早や　政界を牛耳《ぎゅうじ》るまでに
わしの今回の　帥《そち》就任　体《てい》の良い左遷《させん》・・・
早くに　大和へ戻らねば　ならぬぞ）
思わず握る拳《こぶし》に　力がこもる

薩摩の瀬戸・阿久根市黒之浜から見る黒ノ瀬戸

斑《ほど》ろ斑《ほど》ろに

落ち着いた暮らしが　旅人《たびと》に戻ってきた
大伴郎女《おおとものいらつめ》のいない屋敷
寂しくないと言えば　嘘になるが
坂上郎女《さかのうえのいらつめ》が　心の支えになっていた
歌の上手で鳴らした　坂上郎女《いらつめ》
旅人の心に　しんみりとした　歌ごころが蘇《よみがえ》る

《咲く初萩《はぎ》を　連れ合い思《おも》て　鳴くのんか
ここの岡来て　鳴く雄鹿《おすしか》よ》

わが岡に　さ雄鹿《おしか》来鳴く
初萩の
花妻問《ど》いに　来鳴くさ雄鹿
——大伴旅人《おおとものたびと》——（巻八・一五四一）

鹿を詠《よ》み　萩を詠む
奈良の佐保での暮らしを　思うかの歌

《風吹いて　散って仕舞《しま》うで　秋萩《はぎ》の花
見る人《ん》居《お》ったら　見せたりたいに》

我が岡の　秋萩の花
風を激《いた》み
散るべくなりぬ　見ん人もがも
——大伴旅人《おおとものたびと》——（巻八・一五四二）

大伴郎女《いらつめ》を　思う心も　しんみりと
散る萩の花に　添えるかの　歌ごころ

《沫雪《あわゆき》が　庭を斑《まだら》に　降り敷くん
見てたら京《みやこ》　奈良偲ばれる》

沫雪の　斑《ほど》ろ斑《ほど》ろに　降り敷けば
奈良の京《みやこ》し　思おゆるかも
――大伴旅人《おおとものたびと》――（巻八・一六三九）

落ち着いた心に　甦《よみがえ》る　奈良の都の雪

《どっちやろ　咲いた盛りの　梅花と
残った雪の　見分けが着かん》

我が岡に　盛りに咲ける　梅の花
残れる雪を　紛《まが》えつるかも
――大伴旅人《おおとものたびと》――（巻八・一六四〇）

年が明け　寒さの中に　梅の花の　ほころび
梅と雪の　趣《おもむき》を　歌にする旅人
そこには　女々《めめ》しい旅人は　最早《もはや》見えない

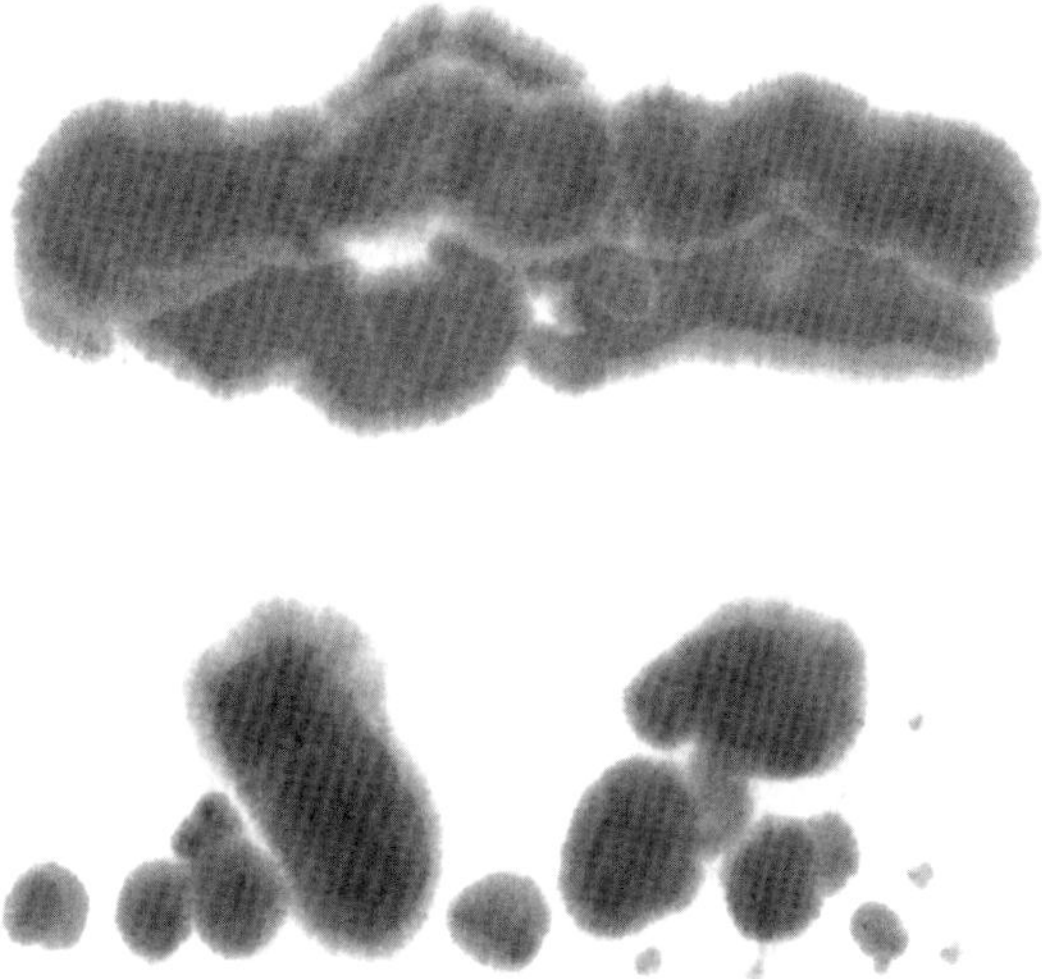

龍《たつ》の馬《ま》も

旅人《たびと》の許《もと》　京《みやこ》からの便りが届く
（丹生女王《にうのおおきみ》？　おお　あのお人か　懐《なつ》かしや）

《秋の野で　機嫌良《きげんよ》咲いた　撫子花《なでしこばな》を
可愛《かい》らしと　摘《つ》んだん誰や　撫子花《なでしこばな》を》

高円《たかまど》の　秋野の上の　なでしこの花
美若《うら》み　貴男《ひと》の髪挿《かざ》しし　なでしこの花
――丹生女王《にうのおおきみ》――（巻八・一六一〇）

（なでしこ？
そうか　昔　出逢《お》うたとき
『ほんに　撫子《なでしこ》のようじゃ』
と言うたを　覚えて居《お》ったか
それにしても
大伴郎女《いらつめ》への　弔辞《ちょうじ》も添えられておる・・・・
坂上郎女《いらつめ》め　余計《よけい》なことを
丹《に》生《う》女王との一件　知っておったか・・・）
（ようし　礼に　美味《うま》い酒を送ってやろう
わしに劣らずの　酒豪《おおざけのみ》であったからのう）

やがてのこと　丹生女王《にうのおおきみ》からの　返書

《身ぃ遠《とお》に　離れてるけど　慕《しと》とるよ
心は飛んで　通《かよ》てんねんで》

天雲《あまくも》の　遠隔《そくえ》の極《きわみ》　遠けども
心し行けば　恋うるものかも
——丹生女王《にうのおおきみ》——（巻四・五五三）

《吉備の酒　昔馴染《なじ》みと　飲んだ酒
もう飲めんから　貫簀《ぬきす》をおくれ》

古人《ふるひと》の　飲《き》こせしめたる　吉備の酒
病めば術《すべ》なし　貫簀賜《ぬきすたば》らん
——丹生女王《にうのおおきみ》——（巻四・五五四）

（わからん歌じゃ
筑紫で名高い竹細工の貫簀《ぬきす》じゃと？
「病めば」は「老齢《とし》で昔のように飲めん」か・・・
「ぬきす？」「ぬきしゅ」そうか「抜き酒」か
「もう酒は止めた」というか
昔に変わらず軽口《かるぐち》の達者な　お人じゃ）
旅人と丹生女王《にうのおおきみ》の　便りの行き来《き》は続く

《都まで　行って帰って　来《き》たいんで
天翔《あまが》け馬を　今すぐ欲しな》

龍《たつ》の馬《ま》も　今も得てしか
（思うんは）青丹《あおに》よし
奈良の都に　行きて来《こ》ん為《ため》
――大伴旅人《おおとものたびと》――（巻五・八〇六）

《天翔《あまが》ける　馬うちきっと　見つけるわ
都来《き》たいと　言《ゆ》うてる人に》

龍《たつ》の馬《ま》を　我れは求めん
（必ずや）青丹《あおに》よし
奈良の都に　来《こ》ん人の為《ため》
――作者未詳――（巻五・八〇八）

《逢うのんが　出来《でけ》へんよって　せめてもに
毎晩夢に　出て来て欲しで》

現《うつつ》には　逢う縁《よし》も無し
ぬばたまの
（せめてもに）
夜の夢にを　継《つ》ぎて見えこそ
——大伴旅人《おおとものたびと》——（巻五・八〇七）

《逢わへんの　長《な》ごなったけど　思慕《おも》てるで
そやから夜毎《よごと》　夢出たげるわ》

直《ただ》に逢わず　在《あ》らくも多く
敷栲《しきたえ》の
（それやから）
枕離《さ》らずて　夢にし見えん
——作者未詳——（巻五・八〇九）

軽妙洒脱《けいみょうしゃだつ》の　遣《や》り取り
旅人の　鬱《うつ》の気《き》は　霧消《けしと》んでいた

手馴《たな》れの御琴《みこと》

神亀《じんき》六年（729）二月
京《みやこ》に　政変が起こった
長屋王《ながやおう》の変である
「長屋王密《ひそ》かに左道《さどう》（呪術）を学びて
　国家を傾けんと欲す」
との密告による　長屋王一族の滅亡
皇親《こうしん》政治を守ろうとする
高市皇子《たけちのみこ》実子　長屋王
台頭する貴族政治を推し進める　藤原四兄弟
両者の決着であった

藤原房前《ふささき》
藤原四兄弟のうち　一族の中心ではあるが
比較的　皇親派に近いとされる人物
その　房前《ふささき》に　旅人《たびと》は　梧桐《あおぎり》の日本《やまと》琴を贈る
添えられた　文《ふみ》に

《琴の精が言《ゆ》うことには

「この私
対馬山奥《つしまやまおく》　生《せい》受けて
お天道《てんと》さんに　恵まれて
雲と霧とに　育《はぐく》まれ
風やら波を　友として
暮らし育って　大人《おとな》なり
世の中お役　立つ自信
持ち合わせんで　里暮らし
このまま樹《き》ィで　終わるかと
思うていたに　優《すぐ》れたる
細工師《さいくし》出会い　削られて
生まれ変わって　琴の身に
質も優れず　音色《ねいろ》さえ
も一つやけど　望むんは
高貴《こうき》お人の　膝《ひざ》の上
置かれ務《つと》めを　果たすこと」

《うちのこと　分かってくれる　人の膝《ひざ》
乗れる日来るん　何時《いつ》なんやろか》

如何《いか》にあらん　日の時にかも
（さてどんな）
声知らん
（理解ある）
人の膝《ひざ》の上《え》　我が枕《まくら》せん
——大伴旅人《おおとものたびと》——（巻五・八一〇）

それを聞いて　私は　こう答えてやりました
《元々は　樹《き》ぃやったのに　もう今は
上手の人に　似合いの琴や》

言問《ことと》わぬ　樹《き》にはありとも
うるわしき
（慕わしい）
君が手馴《たな》れの　琴にしあるべし
——大伴旅人《おおとものたびと》——（巻五・八一一）

これに対し　琴の精
「身に余る
言葉頂き　光栄で
お礼言葉も　有りません」
夢に見た　経緯《いきさつ》を
この琴に添えて　お送りします》
早速に　藤原房前《ふささき》から　返書が届く

《旅人《あんた》はん　愛用してた　琴やから
大切《だいじ》にするで　元樹《き》ぃ云《ゆ》ても》

言《こと》問わぬ　樹《き》にもありとも
我が背子《せこ》が
手馴《たな》れの御琴　地《つち》に置かめやも
——藤原房前《ふじわらのふささき》——（巻五・八一二）

もとより　皇親《こうしん》派の旅人
房前《ふささき》との間の　梧桐日本琴《あおぎりやまと》の遣《や》り取り
藤原一族の中心　房前《ふささき》への諂《へつら》いか
はたまた　近皇親《こうしん》派房前を通じての
巻き返し工作の一環《いっかん》か
琴は　知らず　対馬音色《つしまねいろ》を　奏《かな》でるのみ

天《あめ》より雪の

天平二年（730）正月
ここ　大宰府帥《だざいふそち》の館《やかた》
集うは　管下《かんか》の国司ら
いずれも　都より派遣の高官　総勢三十二人
庭に咲き誇る　梅を愛《め》でての宴《うたげ》だ

帥《そち》　旅人《たびと》が　宴《えん》を仕切る
「集いし面々　四《よ》つの組に　分ける
それぞれ　八名づつ　車座《くるまざ》となり
組毎《くみごと》に　選者を立て
各人の詠《よ》みたる歌の『これは』を談じ
一人一作を　詠《えい》ずべし」
厳選された　一人一作の　歌詠《うたよ》みが始まった

【第壱組の歌】

《正月の　新春来たぞ　今日の日を
梅呼び褒《ほ》めて　楽しゅう過ごそ》

正月《むつき》立ち　春の来《きた》らば
斯《か》くしこそ
梅を招《お》きつつ　楽しき終《お》えめ
——大弐紀卿《だいにのまえつきみ》——（巻五・八一五）

「さすが　大弐《だいに》殿
切っ掛けの寿《ことほ》ぎ歌　見事　見事」（旅人）

《今まさに　咲いてる梅花《うめ》よ　このまんま
ここの庭先　咲き続けてや》

梅の花　今咲ける如《ごと》
散り過ぎず
我が家の園《え》に　在《あ》りこせぬかも
——少弐小野大夫《しょうにおののまえつきみ》——（巻五・八一六）

《梅の花　咲いてる庭の　柳葉《やなぎば》は
丁度鬘《ちょうどかずら》に　良《え》えんと違《ちゃ》うか》

梅の花　咲きたる園の　青柳は
蘰《かずら》にすべく　成りにけらずや
——少弐粟田大夫《しょうにあわたのまえつきみ》——（巻五・八一七）

《春来たら　最初《さき》咲く梅花《はな》を　独りして
見て春日《いちにち》を　暮らすんかいな》

春来《さ》れば　まず咲くやどの
梅の花
独り見つつや　春日《はる》暮さん
——筑前守山上大夫《つくしのみちのくちのかみやまのうえのまえつきみ》——（巻五・八一八）

「憶良殿　泣かせてくれるな　大伴郎女《いらつめ》がこと」（旅人）

「春日暮さん」歌碑・嘉麻市鴨生鴨生公園

《生きてたら　恋の焦がれが　多《お》いよって
梅の花でも　成りたいもんや》

世の中は　恋繁《しげ》しえや
斯《か》くしあらば
梅の花にも　成らましものを
――豊後守大伴大夫《とよのみちのしりのかみおおとものまえつきみ》――（巻五・八一九）

《梅花は　今が盛りや　みんなして
髪插頭《かざ》そやな　盛りやからに》

梅の花　今盛りなり
思う同士《どち》
（ここの皆）
插頭《かざし》にしてな　今盛りなり
――筑後守葛井大夫《つくしのみちのしりのかみふじいのまえつきみ》――（巻五・八二〇）

《梅花と　柳一緒に　髪挿《さ》して
飲んで酔うたら　散っても良《え》えで》

青柳　梅との花を　折り插頭《かざ》し
飲みての後《のち》は　散りぬとも良し
――笠沙弥《かさのさみ》――（巻五・八二一）

「満誓《まんせい》殿は　花より酒か」（旅人）

《梅の花　空に舞う様《よ》に　散って来る
天から雪が　降り来《き》よるんか》

わが園に　梅の花散る
久方の
（はるか遠い）
天《あめ》より雪の　流れ来るかも
――主人《あるじ》――（巻五・八二二）

折り挿頭《かざ》しつつ

【第弐組の歌】

《梅花何処《はなどこ》に　散っとるんやろ　ああそうか
城山《きやま》降ってる　あの雪かいな》

梅の花　散らくは何処《いづく》
然《しか》すがに（なるほどな）　この城《き》の山に　雪は降りつつ
――大監伴氏百代《だいけんばんしのももよ》――（巻五・八二三）

「おお　わしの歌を　引き取ってくれたか」（旅人）

《梅花の　散るのん惜《お》しと　庭に来て
鶯竹林《たけ》で　鳴いとおるがな》

梅の花　散らまく惜《お》しみ
我が園の　竹の林に　鶯鳴くも
――少監阿氏奥島《しょうげんあしのおくしま》――（巻五・八二四）

「鶯が　初お目見えか　愉《たの》しい　たのしい」（旅人）

《梅花の　咲いてる庭の　柳葉《やなぎば》を
頭に挿《さ》して　一日遊ぼ》

梅の花　咲きたる園の　青柳を
蘰《かづら》にしつつ　遊び暮らさな
――少監土氏百村《しょうげんとしのももむら》――（巻五・八二五）

《春風に　靡《なび》く柳と　咲く梅と
どっちが良《え》やろ　こら難《むつか》しわ》

うち靡く　春の柳と
我がやどの　梅の花とを　如何《いか》にか分かん（どう選ぶんや）
——大典史氏大原《だいてんししのおおはら》——（巻五・八二六）

「とうとう　梅と柳の決着か　思うたに・・・」（旅人）

《春が来て　梢隠《こずえがく》れに　鶯が
鳴き移ってく　下枝辺《あた》り》

春来《さ》れば　木末隠《こぬれかく》れて　鶯ぞ
鳴きて去《い》ぬなる　梅が下枝《しずえ》に
——少典山氏若麿《しょうてんさんじのわかまろ》——（巻五・八二七）

「なになに　鶯も　目立ちたいのか」（旅人）

《皆々が　頭に挿して　遊んでも
梅のゆかしさ　尽きんでずっと》

人毎に　折り插頭《かざ》しつつ
遊べども
いや愛《め》ずらしき（偉うゆかしい）　梅の花かも
——大判事丹氏麿《だいはんじたんしのまろ》——（巻五・八二八）

《梅の花　散って仕舞《しも》ても　その次は
桜の花が　待ち咲きよるよ》

梅の花　咲きて散りなば
桜花　継《つ》ぎて咲くべく
成りにてあらずや
——薬師張氏福子《くすりしちょうしのふくし》——（巻五・八二九）

「桜が来たか　これは　意外な　よしよし」
（旅人）

《この後《あと》も　来る年毎《ごと》に　梅の花
ずうっとずっと　続けて咲きや》

万代《よろずよ》に　年は来経《きふ》とも
梅の花
絶ゆることなく　咲き渡るべし
――筑前介佐氏子首《つくしのみちのくちのさしのこおびと》――（巻五・八三〇）

「万代梅《よろずようめ》の希求《もとめ》か　面白い」（旅人）

飽《あ》き足《た》らぬ日は

【第参組の歌】

《春来たら　適期《ちゃん》と咲きよる　梅の花
　逢える思たら　寝も出来んがな》

春なれば　宜《うべ》も咲きたる　梅の花
（ちょうど良に咲く）
君を思うと　夜眠《よい》も寝なくに
——壱岐守板氏安麿《いきのかみはんしのやすまろ》——（巻五・八三一）

「安麿殿　やっと女児《おみな》が出たかと思うたが
相手は梅子か」（旅人）

《梅花を　髪挿し遊ぶ　お仲間よ
　皆して今日を　楽しもやんか》

梅の花　折りて插頭《かざ》せる　諸人《もろびと》は
今日の間《あいだ》は　楽しくあるべし
——神司荒氏稲布《かみづかさこうしのいなしき》——（巻五・八三二）

《春来たら　来る度毎《たびごと》に　こないして
　梅を頭挿《かざ》して　楽しゅう飲もや》

毎年《としのは》に　春の来《きた》らば
斯《か》くしこそ　梅を插頭《かざ》して　楽しく飲まめ
——大令史野氏宿奈麿《だいりょうしやしのすくなまろ》——（巻五・八三三）

「飲もう　飲もうと　満誓《まんせい》殿と　同じじゃ」
（旅人）

《梅の花　今盛りやで　鳥々《とりどり》の
声聞きたなる　春来とるんや》

梅の花　今盛りなり
百鳥《ももどり》の　声の恋しき　春来たるらし
――少令史田氏肥人《しょうりょうしでんしのうまひと》――（巻五・八三四）

「鶯の他は　何かと待って居《お》ったに
百鳥《ももどり》ときたか
これは　まいった」（旅人）

《春来たら　逢いと思てた　梅の花
今日の宴《うたげ》で　逢えたでほんま》

春来《さ》らば　逢わんと思《も》いし　梅の花
今日の遊びに　相見つるかも
――薬師高氏義通《くすりしこうしぎつう》――（巻五・八三五）

「誰に逢うかと思えば　また　梅子か
安麿殿と取り会いじゃ　ハハハ」（旅人）

《梅の花　頭に挿して　一日を
遊び尽くして　まだ飽き足りん》

梅の花　手《た》折《お》り插頭《かざ》して　遊べども
飽《あ》き足《た》らぬ日は　今日にしありけり
——陰陽師礒氏法麿《おんみょうじぎしののりまろ》——（巻五・八三六）

《春の野で　鳴く鶯を　呼ぼ思て
ここの庭先　梅花《うめ》咲いとんや》

春の野に　鳴くや鶯　懐《なつ》けんと（招こやと）
わが家の園に　梅が花咲く
——師志氏大道《さんししのおおみち》——（巻五・八三七）

《梅の花　散ってる岡に　鶯も
鳴きに来てるで　盛りや春も》

梅の花　散り乱《まが》いたる　岡傍《おかび》には
鶯鳴くも　春かた設《ま》けて（さすがに春や）
——大隅目榎氏鉢麿《おおすみのさかんかしのはち》——（巻五・八三八）

大宰府の梅・観世音寺北方にて

誰《たれ》か浮べし

【第四組の歌】

《春の野の　霞む霧中《きりなか》　雪かなと
　思えるほどに　梅散っとおる》

春の野に　霧《き》り立ち渡り
　降る雪と　人の見るまで
　　梅の花散る
――筑前目田氏真上《つくしのみちのくちのでんしのまかみ》――（巻五・八三九）

「おっ　また　わしの『雪』が出た
気を遣《つか》うでないぞ　真上《まかみ》殿」（旅人）

《柳の葉　折って頭に　飾ってる
　誰か酒坏《さかづき》　梅花《はな》浮かべてる》

春柳　蘰《かずら》に折りし
梅の花　誰《たれ》か浮べし　酒坏《さかづき》の上《え》に
――壱岐目村氏彼方《いきのさかんそんしのおちかた》――（巻五・八四〇）

《鶯の　声に合わせて　ここの庭　梅花《うめはな》咲いて　散るんが見える》

鶯の　声《おと》聞くなえに（声する時に）
梅の花
我家《わぎえ》の園に　咲きて散る見ゆ
――対馬目高氏老《つしまのさかんこうじのおゆ》――（巻五・八四一）

《下枝で　鳴く鶯は　上枝で　咲いた梅花《はな》散ん　惜《お》し思てんや》

我がやどの　梅の下枝《しずえ》に
遊びつつ
鶯鳴くも　散らまく惜しみ
――薩摩目高氏海人《さつまのさかんこうじのあまひと》――（巻五・八四二）

「今度の鶯は　自分目立ちで無《の》うて　花気遣《きづか》いか
なるほど」（旅人）

《梅の花　頭に挿して　遊ぶんを　見てたらなんや　都恋しで》

梅の花　折り插頭《かざ》しつつ
諸人《もろびと》の
遊ぶを見れば　都しぞ思《も》う
――土師氏御道《はにしのみみち》――（巻五・八四三）

《降るのんは　雪やないかと　思たけど　乱れ散るんは　梅花やんか》

妹が家《え》に　雪かも降ると
見るまでに
ここだも乱《まが》う（しきり散るんは）　梅の花かも
――小野氏国堅《おのうじのくにかた》――（巻五・八四四）
（妹が家に↓行く↓雪）

「国堅殿　言《ゆ》うておろうが　褒美《ほうび》は出んぞ」
（旅人）

《鶯が　待ち焦がれてた　梅の花
散らんとってや　皆見《みな》たいんや》

鶯の　待ち難《かて》にせし　梅が花
散らず在《あ》りこそ　思う皆《こ》がため
――筑前掾門氏石足《つくしのみちのくちのじょうもんしのいわたり》――（巻五・八四五）

《花挿《さ》して　春日一日《はるひいちにち》　遊んでも
梅の好《え》えんは　堪能《たんのう》できん》

霞立つ　長き春日《はるひ》を　插頭《かざ》せれど
いや懐《なつか》しき　梅の花かも
（こころ惹かれる）
――小野氏淡理《おのうじのたもり》――（巻五・八四六）

「それぞれに　皆　見事であった
さすが　都で丹精した　風流《みやび》揃い
今日は　堪能《たんのう》した
いや　しかし
飽き足らない　ご仁《じん》も　おられるようじゃで
杯《はい》を　いま一回《まわ》しするか
それこそ　梅と柳を　頭に挿《さ》して」
酒に　梅に　酔いしれる　旅人《たびと》と面々

思わずの良い宴《うたげ》であった
後世《のちのよ》の語り草となろう
これは書き留めねば
序は漢詩がよかろう

梅花詞《うめのはなのうた》卅二首 并《あわせて》序
天平二年正月十三日
萃于帥老之宅《そちのおきなのいえにつどいて》 申宴會也《えんかいをひらく》
于時《ときに》 初春令月《しょしゅんれいげつにして》 気淑風 和《きよくかぜやわらぎ》
梅 披鏡前之粉《うめはきょうぜんのふんをばひらき》
蘭《らんは》 薫珮後之香《はいごのこうをくゆらす》
加 以《しかのみにあらず》
曙 嶺 移雲《あけぼののみねにくもうつり》
松《まつは》 掛 羅《うすものをかけて》 而傾 蓋《きぬがさをかたぶく》
夕 岫 結霧《ゆうべのくきにきりむすび》
鳥 封 縠 而 迷 林《とりはうすものにとじられてはやしにまどう》
庭《にわに》 舞新蝶《しんちょうまいて》 空 歸故雁《そらにはかえるこがんあり》
於《ここに》 是蓋《てんをかさに》 天坐地《ちをしきものとし》 促膝《ひざをちかづけ》 飛 觴《さかづきをとばす》
忘言《ことこれ》一室 之 裏《いっしつのうちにわすれ》 開衿煙霞之外《きんをえんかのそとにひらく》
淡然《たんぜんと》 自 放《みずからをほしいままにし》 快然《かいぜんと》 自 足《みずからをたる》
若非翰苑《もしかんえんにあらざれば》 何 以《なにをもちてか》 攄 情《こころをのべん》
詩《しに》 紀落梅之篇《ちりうめのへんをしるせり》 古今夫何異 矣《ここんそれいずくんぞことならむ》
宜 賦園梅《よろしくそののうめをふして》 聊成短 詠《いささかにたんをえいずべし》

梅花の歌三十二首併せて序
この日天平 二年での 正に正月 十三《じゅうさ》日
帥《そち》の翁の 邸宅《やしき》にて 皆が集いて 宴為《うたげせ》り
折しも初春 佳《よ》き月で その気は澄みて 風和《やわ》ら
梅 鏡前《きょうぜん》の 美女装《よそ》う 白粉《おしろい》かとに 白く咲き
その薫りくる 佳《よ》き匂い 飾り袋の 残り香《が》か
それに加えて またさらに
明け方峰に 雲動き
薄絹雲《うすぎぬくも》の 掛かる松 蓋傾《かさかたぶ》けし 如くにて
夕べ山洞《やまほら》 霧が湧き
鳥薄霧《うすぎり》に 封じられ 林の中で 飛び惑《まど》う
庭に新し 蝶が舞い 空には帰る 去年《こぞ》の雁
ここに天蓋《かさ》 地をば敷き 膝突合せ 盃を酌《く》む
一同《みなみな》論ず 忘れ去り 雲や霞に 胸襟《えり》開き
淡々心 遊ぶまま 快を覚えて 満足《みちたり》し
あゝ文筆《ふみふで》に 拠《よ》らずして 如何《いか》でか心 述べつらむ
漢詩《し》に散る梅花《うめ》の 作あるに 何ぞ異なる 古今《むかしいま》
さあこの園梅《そのうめ》を 題として 暫し詠もうぞ 和歌《やまとうた》

雪に混《ま》じれる

梅花《うめはな》の宴《うたげ》
果てた後《あと》の　心地よい虚脱《きょだつ》
旅人《たびと》は　京《みやこ》を　思い遣《や》っていた
（京《みやこ》でも　梅の宴《うたげ》を　催したことがあった
あの時の友　都での名の知れた医者　吉田宜《よしだのよろし》
文の遣《や》り取り　無《の》うて久しいが
いい機会じゃ
先日の宴《うたげ》での歌　纏《まと》めて送ってやろう
わしの歌が　一首だけでは　寂《さみ》しかろう
取り急ぎ　追い歌を　生《な》さねばなるまい）

《消え残る　雪と一緒に　咲く梅花《うめ》よ
雪消えたかて　散らんと居《お》りや》

残りたる　雪に混《ま》じれる　梅の花
早くな散りそ　雪は消《け》ぬとも
——大伴旅人《おおとものたびと》——　（巻五・八四九）

《白雪に　負けんと咲いた　梅花を
一緒見る人　居《お》らへんやろか》

雪の色を　奪《うば》いて咲ける（色競そて咲く）　梅の花
今盛りなり　見る人もがも
——大伴旅人《おおとものたびと》——　（巻五・八五〇）

《庭先に　咲いてる梅は　散り相《そ》やで
一緒見る人　居《お》らへんもんか》

我がやどに　盛りに咲ける
梅の花
散るべくなりぬ　見る人もがも
——大伴旅人《おおとものたびと》——（巻五・八五一）

《梅の花　夢で言《ゆ》うたで　酒坏《さかづき》に
浮かばしてんか　わし風流人《すきもん》や》

梅の花　夢に語《かた》らく
風流《みや》びたる　花と我思《わも》う
酒に浮べこそ
——大伴旅人《おおとものたびと》——（巻五・八五二）

吉田宜《よしだのよろし》の返書は　直《ただ》ちのものであった

《羨《うらや》んで　梅の宴《うたげ》を　思うより
旅人《あんた》の庭の　梅花《はな》なりたいで》

後《おく》れ居て（加われず）　長恋せずは
御園生《みそのう》の
梅の花にも　成らましものを
——吉田宜《よしだのよろし》——（巻五・八六四）

（おうおう　羨《うらや》ましがらせて　仕舞《しも》うたわい
それにしても　家《うち》の庭の梅になりたいとは
これはまた　風流《ふうりゅう》な）

宜《よろし》の文が　旅人に　京《みやこ》思いを　深くさせる

鮎子《あゆこ》さ、走《ばし》る

梅花《うめはな》の宴《うたげ》
それは　また　旅人《たびと》の　歌ごころを　揺り動かす

ころは　三月
鮎の季節が　間《ま》近い
鮎と言えば　松浦《まつら》川（玉島川）
数人の供を連れた　旅人
山迫《せま》る　川の瀬
すこし上《のぼ》った　簗場《やなば》の吊り橋付近
そこは　緑の山間《やまま》と清流の里
桃源郷《とうげんきょう》と　見紛《みまが》う場所だ

旅人は　思いを馳《は》せる
眼前に　髣髴《ほうふつ》浮かぶ　幻影《げんえい》
筆を走らせる　旅人

【旅人《たびと》の問い掛け歌】

《魚《さかな》釣る　漁師の子やと　言《ゆ》うけども
見たら分かるで　良家《ええし》の子やろ》

漁《あさり》する　海人《あま》の児どもと
貴女《ひと》は言えど
見るに知らえぬ　貴人《うまひと》の子と
(一目で分かる)
——大伴旅人《おおとものたびと》——　(巻五・八五三)

【娘子《おとめ》の応える歌】

《そやねんわ　家《うち》川上《うえ》に　あるけども
気恥《きは》ずかしいて　よう言《ゆ》わなんだ》

玉島の　この川上に　家はあれど
君を気恥《やさ》しみ　顕《あらわ》さずありき
——大伴旅人《おおとものたびと》——　(巻五・八五四)

【旅人《たびと》の娘子を誘う歌】

《鮎釣ろと　光る川瀬に　立ってはる
貴女《あんた》の裳裾《もすそ》　濡れてるやんか》
(わし乾かしたろか)

松浦川《まつらがわ》　川の瀬光り
鮎釣ると
立たせる妹が　裳の裾濡れぬ
——大伴旅人《おおとものたびと》——　(巻五・八五五)

《玉島の　川瀬に立って　鮎釣りを
してる貴女《あんた》ら　家《うち》何処《どこ》なんや》

松浦《まつら》なる　玉島川に
鮎釣ると
立たせる子らが　家路《いえじ》知らずも
——大伴旅人《おおとものたびと》——　(巻五・八五六)

《松浦の　川で若鮎　釣ってはる
貴女《あんた》と一緒　泊まると仕様《しよう》か》

遠《とお》つ人（清よに澄む）　松浦の川に　若鮎《わかゆ》釣る
妹が手本《たもと》を　我れこそ纏《ま》かめ
――大伴旅人《おおとものたびと》――（巻五・八五七）

【誘いに応《こた》える娘子《おとめ》の歌】

《若鮎を　釣ってる川の　波みたい
浮いた気持ちと　うち違《ちゃ》うんやで》

若鮎《わかゆ》釣る　松浦《まつら》の川の　川波の
並《なみ》にし思わば　我れ恋いめやも
――大伴旅人《おおとものたびと》――（巻五・八五八）

《春来たら　うちの家ある　里の川
貴人《あんた》待ってて　鮎跳ね飛ぶで》

春来《さ》れば　我家《わぎえ》の里の　川門《かわと》には
鮎子《あゆこ》さ走《ばし》る　君待ち難《がて》に
――大伴旅人《おおとものたびと》――（巻五・八五九）

《川の瀬が　淀むようには　悩まんと
貴人《あんた》信じて　うち待ってるわ》

松浦川《まつらがわ》　七瀬の淀は　淀むとも
我れは淀まず　君をし待たん
――大伴旅人《おおとものたびと》――（巻五・八六〇）

（これは　思いも掛けず　いい歌が出来た）
川瀬に　得意げな　歌人《うたびと》旅人が　立っている

玉島川・玉島神社前より北方を望む

天娘子《あまおとめ》かも

（これを　見せずに　措《お》くものか
相手は　宜《よろし》がいい
あやつ　神仙《しんせん》の思想《おもい》に　通じておるで
そうじゃ　ものがたり風に仕立て
歌の　前文《まえふみ》として　添えてやろう）

《わしが松浦《まつら》を　訪《たず》ねし折に
玉島川で　遊覧《あそび》をせしが
偶然出逢《たまさかでお》た　鮎釣る娘子《おとめ》
花の顔《かんばせ》　麗《うるわ》し限り

立ち居の姿　輝くようで
眉は柳葉《やなぎば》　頬《ほお》桃の花
心気高《けだ》こて　優雅な様子
他《ほか》に比ぶる　ものとてあらず

わしは訝《いぶか》り　娘子《おとめ》に問うた
「何処《いずこ》の里の　何方《どなた》のお児か
もしや常世《とこよ》の　仙女《おとめ》じゃないか」
娘子《おとめ》ら笑い　答えて曰《いわ》く
「われら漁師の　家なる娘
草葺《くさぶ》き小屋の　賤《いや》しい子らぞ
言うべき里も　家なぞ無《の》うて
名乗る名前も　持ち合わせぬぞ

水親しむを　好みとなして
　山に遊ぶを　楽しむばかり
　　浦のほとりで　泳げる鮎の
　　　姿良《よ》ろしを　羨《うらや》みおりて
山の狭間《はざま》に　座りてままに
　　雲や霞を　眺めて暮らす
偶然《たまさか》逢《あ》いし　高貴なお人
　　感に堪《た》えずて　打ち解《と》け話す
　　これより後《のち》は　夫婦《みょうと》の契り
　　　結ばで居《お》れる　訳なぞないぞ」
娘子《おとめ》の言葉　我輩《それがし》受けて
「分かり申した　貴女《そなた》の思い
　慎《つつし》み聞きて　畏《かしこ》み受ける」
やがて日は西　去《い》なねばならぬ
またの逢《お》う瀬と　思いの丈《たけ》を
歌に託して　贈りて別かる》

旅人《たびと》に　悪戯心《いたずら》が　湧く
(そうじゃ
宜《よろし》に　またぞろ羨望《うらやみ》さすは　忍びない
巧《うま》くもない歌　作らせるも　考えものじゃ
代わりに　わしが作って
これも　添え送るとするか)

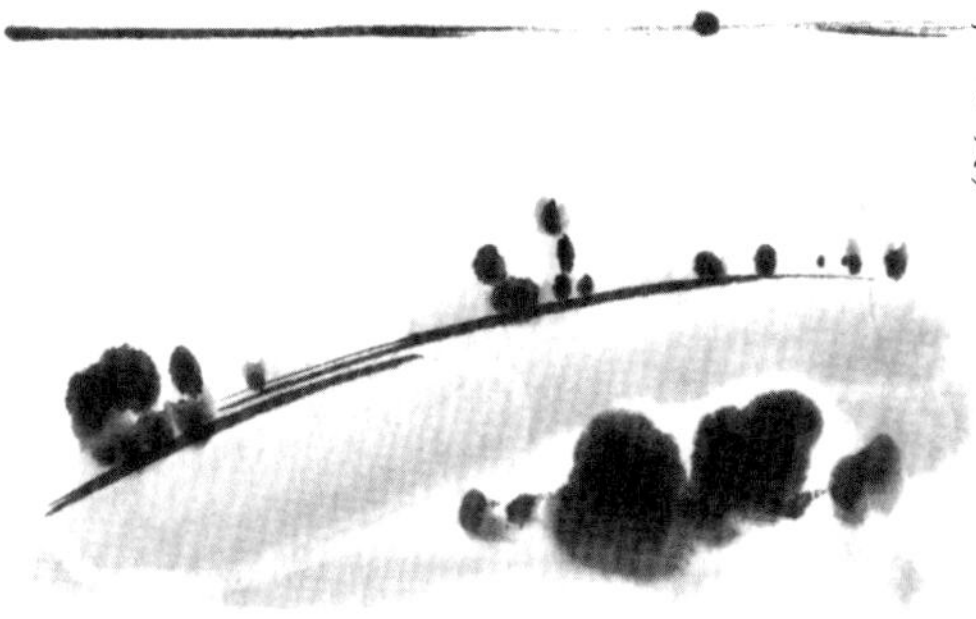

桃源郷かと紛《まが》う玉島川・簗場付近

《川の瀬ぇ　早いさかいに　紅い裳裾《すそ》
濡らして鮎を　釣ってんやろか》

松浦川《まつらがわ》　川の瀬早み
紅《くれない》の　裳の裾濡れて
鮎か釣るらん
——大伴旅人《おおとものたびと》——（巻五・八六一）

《皆《みんな》して　見てる玉島　さぞ良かろ
わし見られんと　悔しいこっちゃ》

人皆《みな》の　見らん松浦《まつら》の　玉島を
見ずてや我れは　恋いつつ居らん
——大伴旅人《おおとものたびと》——（巻五・八六二）

《玉島の　浦で若鮎　釣る児らを
見てるあんたら　わし羨《うらや》まし》

松浦川《まつらがわ》　玉島の浦に　若鮎《わかゆ》釣る
妹らを見らん　人の羨《とも》しさ
——大伴旅人《おおとものたびと》——（巻五・八六三）

ややあって　吉田宜《よしだのよろし》からの返書が　届く
そこには　申し訳程度の　一首が

《旅人《あんた》はん　待ってる言《ゆ》うた　娘子《おとめ》らは
桃源郷《ごくらくくに》の　仙女《おとめ》やきっと》

君を待つ　松浦《まつら》の浦の
娘子《おとめ》らは
常世《とこよ》の国の　天娘子《あまおとめ》かも
——吉田宜《よしだのよろし》——（巻五・八六五）

倭《やまと》も此処《ここ》も

吉田宜《よしだのよろし》に　便りが届く
そこには　旅人《たびと》の　弱々しい姿があった

《もう年や　長生き薬　飲んだかて
若《わこ》に戻れる　こと有らへんわ》

我が盛り　大屠過《いたくくた》ちぬ
雲に飛ぶ　薬飲《は》むとも
(長生きの)
また変若《おち》めやも
――大伴旅人《おおとものたびと》――　(巻五・八四七)

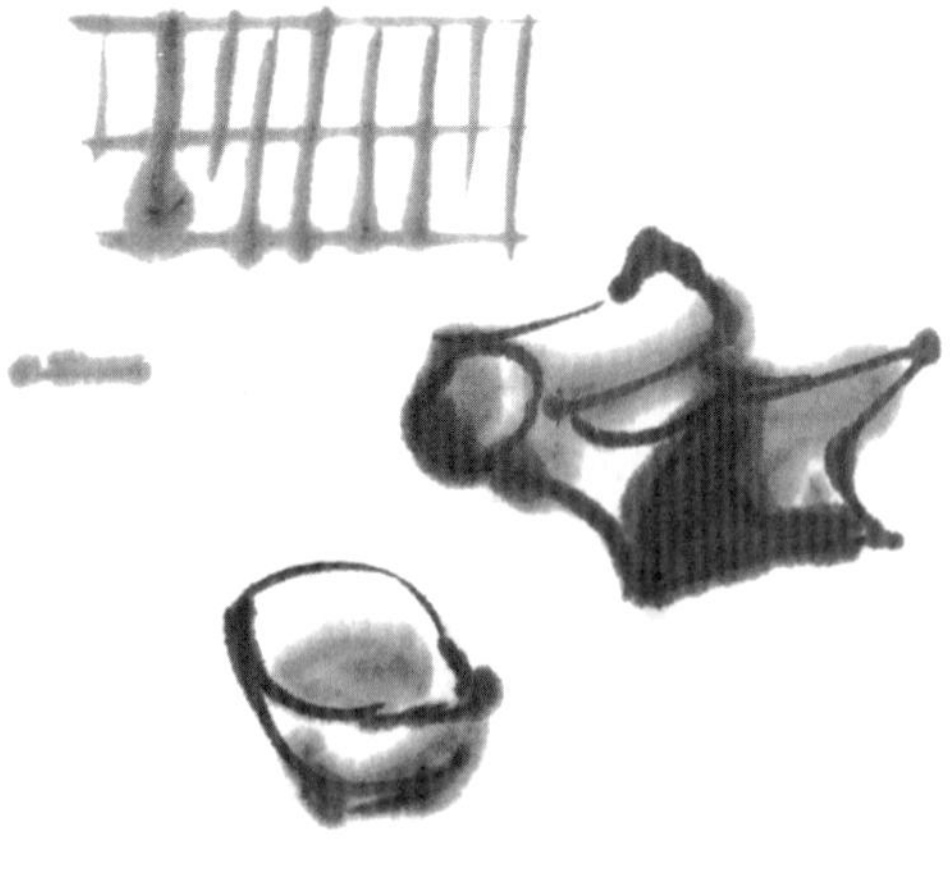

《長生きの　薬飲むより　一目《ひとめ》でも
都見たなら　また若返る》

雲に飛ぶ　薬食《は》むよは
（長生きの）
都見ば　卑《いや》しき我が身
（しがないわしも）
また変若《おち》ぬべし
——大伴旅人《おおとものたびと》——（巻五・八四八）

（これは　どうしたことか
こんな　気弱な旅人《たびと》　見たこともないぞ
高熱を帯びた足の腫《は》れ　歩きもままならぬ由《よし》
処方《しょほう》をとの願いもあるが　一刻を争う病状じゃ
わしが出向いても　間に合わぬ
筑紫に居《お》る　友の百済《くだら》医師に託すか
それにしても　筑紫は　遠い
暫《しば》し会わぬうち　かような患《わずら》いとは）

《白雲が　隔てて遠《と》いな　筑紫国
思う心も　遥々《はるばる》遠《と》いで》

遥遥《はろはろ》に　思おゆるかも
白雲の
千重《ちえ》に隔《へだ》てる　筑紫の国は
——吉田宜《よしだのよろし》——（巻五・八六六）

《貴男《あんた》行き　長《なご》なって仕舞《も》た　奈良の家
庭の木立《こだ》ちも　うら寂《さ》びてるで》

君が行き　日《け》長くなりぬ
奈良路《ならじ》なる　山斎《しま》の木立も
神《かん》さびにけり
——吉田宜《よしだのよろし》——（巻五・八六七）

急ぎの返し文《ぶみ》が　旅人に届く
病の床《やまいとこ》　身動きさえならぬ旅人
（なんと言《ゆ》うておる
なに
なまじの治療では　如何《いかん》とも為《し》難いと言うか
この上は　切開の術を用いるべしと・・・
情けなくも　恐ろしい事じゃ
おお　家の木立《こだち》　繁りっ放《ぱな》しとか
大和が　恋しいのう
わしも　心根を弱まらせたものじゃ
昔　石川足人《いしかわのたりひと》殿には
強気で言い返したものだったに・・・
あれは　大宰府《だざいふ》着任間《ま》なしのころか）

《旅人《あんた》はん　奈良の都で　住んどった
佐保《さほ》のお山が　懐《なつ》かしのんか》

さす竹の　大宮人の　家と住む
（はるか来て）
佐保の山をば　思うやも君
——石川足人《いしかわのたりひと》——（巻六・九五五）

《何言《ゆ》んや　何処《どこ》に居《お》っても　同《おん》なじや
日本国《ひのもとくに》や　大和《やまと》もここも》

やすみしし　我が大君の
（誇らしい）
支配国《おすくに》は
倭《やまと》も此処《ここ》も　同じとぞ思う
——大伴旅人《おおとものたびと》——（巻六・九五六）

（年は取りたくないものじゃ）
身を横たえたまま　傷心《しょうしん》旅人
力ない目が　遠くを見遣《や》る

佐保山・興福院横から

磐国山《いわくにやま》を

早馬は　飛ぶ
大和へ　朝廷へ
旅人《たびと》の　申し状　以下の通り
《先ごろよりの　瘡《そう》(腫物《はれもの》)による病《やまい》
快復の儀《ぎ》　捗々《はかばか》しからず
若《も》しものこと　あり候わば　悔いあるにより
遺言《ゆいごん》致したきの儀　これあるにつき
急ぎ　在京親族　稲公《いなきみ》並びに胡麿《こまろ》の二人をして
西下《さいか》の取り計らい　乞い願うばかりなり》
早速に　勅許《ちょっきょ》を得た　両名
馬を継《つ》いで　西へ　筑紫へ　大宰府《だざいふ》へ

一方　旅人の館《やかた》では
護摩焚《ごまだ》き煙の　上《のぼ》る中　祈りの声音《こわね》が響き
百済《くだら》医師執刀《しっとう》の　切開術が進んでいた
「取れ申した　これが　病の原因《もとい》」
見れば　大人の拳《こぶし》もあろうかとの　腫瘍塊《はれものだま》
さすがの旅人も　ギョとなった
「もう　大丈夫でござる
一命は取り留めて候
ただ　いま少しの　養生節制《ようじょうせっせい》は　欠かせぬが」

「何は　ともあれ　良かったではないか
なになに　病《やまい》の原因《たね》　心塞《ふさ》ぎの重なりじゃと
鄙《ひな》への赴任　奥方の死　長屋王《ながやおう》の変事と
公私共の　気疲れでは　あったのう」
ここ　大宰府《だざいふ》の外《はず》れ　日守《ひのもり》八幡の地
快癒《かいゆ》お礼参りを終えた　一行《いっこう》
旅人の回復を見届けた　稲公《いなきみ》・胡麿《こまろ》
両名を　送るべく同行した　大伴百代《おおとものももよ》　山口若麿
それに　旅人の子家持《やかもち》の五人であった
夷守《ひなもり》の駅《うまや》　ここで　別れの小宴が持たれた
「御苦労で　ござった
後は　我々が
今以降の　気疲れなされぬよう　お守り致す
ご両名は　朝廷への　よしなの報告と
帰路くれぐれもの　心配《くば》りを　なさいませ」

《あんたらが　旅立たれるん　惜《お》しよって
付いて来て仕舞《も》た　志賀浜道を》

草枕（筑紫発ち）　旅行く君を　愛《うるわ》しみ
添《たぐ》いてぞ来《こ》し（放せんで）　志賀の浜辺を
——大伴百代《おおとものももよ》——（巻四・五六六）

《岩国の　山越える日ぃ　神さんに
丁寧《ちゃん》と拝《おが》みや　道険《けわ》しから》

周防《すお》にある　磐国山《いわくにやま》を　越えん日は
手向《たむ》けよくせよ　荒しその道
——山口若麿《やまぐちのわかまろ》——（巻四・五六七）

送る者　送られる者
双方の胸に　旅人平癒《へいゆ》の安堵《あんど》が　広がっていた

磐国山・欽明路峠登り口

病癒《やまいい》えた旅人に　公務が待っている
勅使大伴道足《ちょくしおおとものみちたり》　下向《げこう》　駿馬《しゅんめ》調達の使いだ
宴席　即興歌に長《た》けた　葛井広成《ふじいのひろなり》に
注文が飛ぶ
「さあさ　早や駆《が》け歌じゃ　如何《いか》に如何《いか》に」
葛井広成《ひろなり》　さすがに　不意を打たれたか

《頼むんか　恐れ多くも　このわしに
思いつく間も　あらへん云《ゆ》うに》
（このわしを　誰《だれ》や思うて　頼《たの》むんや
酔いもせん内《うち》　詠《うた》えるもんか）

奥山の　岩に苔生《む》し
畏《かしこ》くも　問い給《たも》うかも
思い堪《あえ》なくに
――葛井広成《ふじいのひろなり》――（巻六・九六二）
（奥山の岩に苔生し＝神々《こうごう》しい→畏くも
＝畏れ多くも頼むんか）

行《ゆ》くも去《ゆ》かぬも

ここ　蘆城《あしき》の駅《うまや》
大宰府《だざいふ》の官人らの多くが　集《つど》うていた
官主催の宴《うたげ》
大納言に叙《じょ》せられ
京《みやこ》への帰還が叶う　旅人《たびと》
祝賀《いわい》の　餞宴《はなむけ》である
時に　天平二年（730）秋
藤原房前《ふささき》への　梧桐日本《あおぎりやまと》琴の願いが通じたか
はたまた　天が　旅人を必要《もとめ》ての　呼寄せか
死病《しにやまい》を克服した旅人
中央政界での　尽力の場を思い
両の腕《かいな》に　漲《みなぎ》りを　覚えていた

官人たちは　惜別《わかれ》の情《こころ》を　切々と詠《うた》う
旅人との別れの　哀惜《かなしみ》
帥《そち》として　勤め上げし　政務への　礼讃《ほめたたえ》
豪放磊落《ごうほうらいらく》な　人柄《ひととなり》への　思慕《おもい》
そして　明日は　我もの　羨望《うらやみ》を忍ばせて
ないまぜの　思いを込めた　歌詠《よ》みが　続く

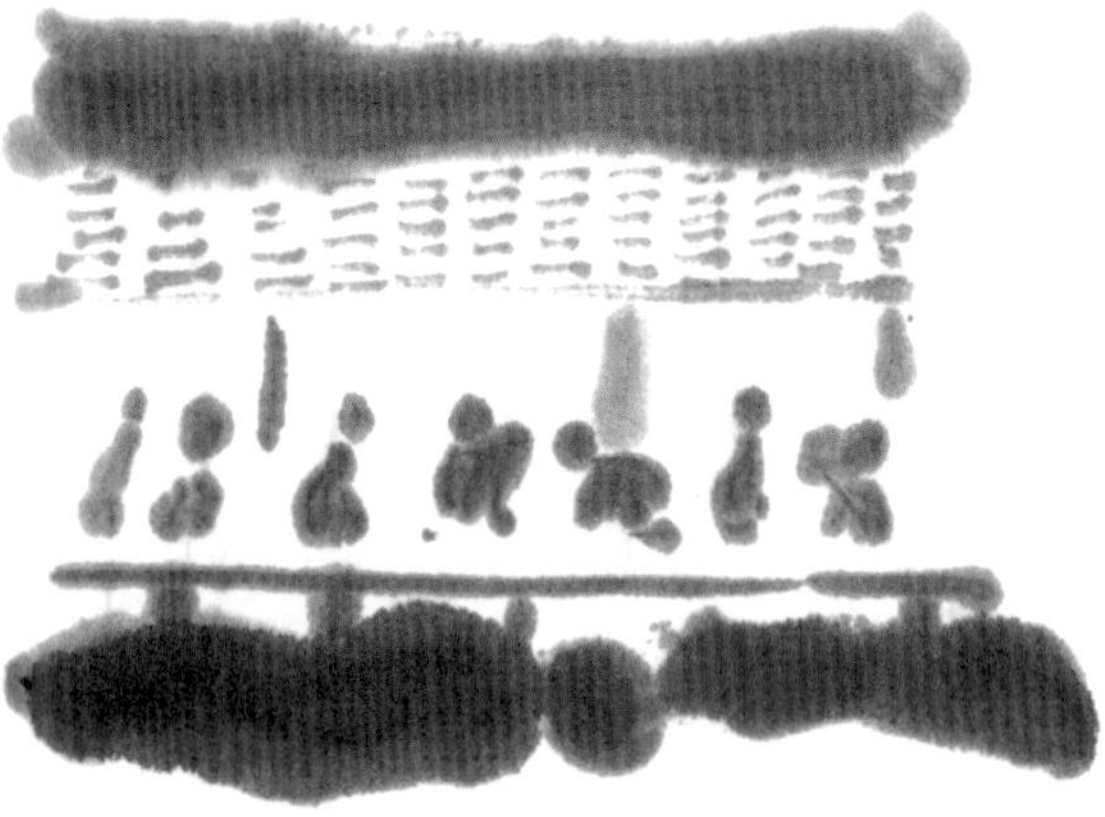

《荒磯《ありそ》へと　岬回って　寄す波や
思い次々　浮ぶで帥殿《あんた》》

み崎廻《み》の　荒磯に寄する
五百重波《いおえなみ》
立ちても居ても　我が思《も》える君
――門部石足《かどべのいわたり》――（巻四・五六八）

《紫に　染《そ》めた帥殿《あんた》の　衣《ころも》見て
わしの心も　寂《さみ》しさ染《そ》まる》

韓人《からひと》の　衣染《ころもそ》む云《ゆ》う　紫《むらさき》の
心に染《し》みて　思おゆるかも
――麻田陽春《あさだのやす》――（巻四・五六九）
（紫色の衣＝三位以上の礼服）

《大和《やまと》へと　帥殿《あんた》帰る日　近こなると
悲しんやろか　鹿鳴きよるで》

大和べに　君が立つ日の
近付《づ》けば
野に立つ鹿も　響《とよ》みてぞ鳴く
――麻田陽春《あさだのやす》――（巻四・五七〇）

《月綺麗《きれえ》　流れ清《さや》かや　さあみんな
行くも残るも　楽しにやろや》

月夜《つきよ》よし　川音清《かわとさや》けし
いざ此処《ここ》に
行《ゆ》くも去《ゆ》かぬも　遊びて行かん
――大伴四綱《おおとものよつな》――（巻四・五七一）

北に宝満山《ほうまんやま》を望み
清流流れる　葦木《あしき》（宝満川）川の景観
京《みやこ》育ちの　官人たち
大和の山野《さんや》を見る思いが
ここでの　宴催《うたげもよおし》を　させたのであろう

見た月の影　聞いた川瀬
交わす　歌声　重ねる　酒坏《さかづき》
それぞれが　忘れ得ぬ　思いを抱《いだ》いて
夜は更けていく

蘆城《あしき》の駅《うまや》
ここは　筑紫新任歓迎の　宴《うたげ》場所でも

《秋萩《はぎ》混《ま》じり　女郎花《おみなえし》咲く　蘆城《あしき》野を
今日からずっと　長《な》ご長ご見よや》

女郎花　秋萩混《ま》じる　蘆城《あしき》の野
今日を始めて　万代《よろずよ》に見ん
——作者未詳——（巻八・一五三〇）

《蘆城川《あしきがわ》　今日の眺めの　見事なん
何時《いつ》いつまでも　忘れられんな》

たまくしげ（この景色）
蘆城《あしき》の川を　今日見ては
万代《よろずよ》までに　忘らえめやも
——作者未詳——（巻八・一五三一）

蘆城川・筑紫野市阿志岐　後方宝満山

寂しけめやも

湿っぽい宴《うたげ》が　続いている
天平二年（730）十一月
大伴旅人《おおとものたびと》　大納言に昇進
人臣《じんしん》の極みに上《のぼ》りつめた　旅人
京《みやこ》へ戻るにつけての　餞《はなむけ》の宴《うたげ》
目出たい　祝賀《いわい》の宴で　あるべきに
酒の味は　苦《にが》い
宴席に　集う人々の　絆《きずな》は
官人としての　それではない
友人　知己《ちき》　同胞《はらから》　の　絆《きずな》
それだけに　別れの辛《つら》さが　先に立つ

《せめてワシ　鳥やったらな
帥殿《あんた》はん　都送って　帰って来るに》

天飛《あま》ぶや　鳥にもがもや
都まで
送り申して　飛び帰るもの
――山上憶良《やまのうえのおくら》――（巻五・八七六）

《こっち皆《みな》　しょんぼりやのに
竜田山　近《ちこ》うに見たら　忘れん違《ちゃ》うか》

人皆《もね》の　落胆《うらぶ》れ居《お》るに
竜田《たつた》山　御馬《みま》近付《づ》かば
忘らしなんか
――山上憶良《やまのうえのおくら》――（巻五・八七七）

《寂《さみ》しさは　帥殿居《あんたお》るうち　まだ良《ま》しや
ほんま寂《さみ》しん　去《い》て仕舞《も》た後《あと》や》

言いつつも（軽言うが）　後《のち》こそ知らめ（後で分かるで）
とのしくも（身に沁みて）
寂しけめやも　君坐《いま》さずして
――山上憶良《やまのうえのおくら》――（巻五・八七八）

《ずううっと　長《な》ごうに生きて　国のため
活躍《はたらき》してや　朝廷《みかど》に居《お》って》

万代《よろずよ》に　坐《いま》し給いて
天《あめ》の下（ご政務に）　申し給わね（精進なされ）
朝廷《みかど》去らずて
――山上憶良《やまのうえのおくら》――（巻五・八七九）

宴果てて　戻った　憶良《おくら》
まんじりともせずの　夜明け
旅人を思い　自分を思う

《京離《きょうはな》れ　ここの田舎に　五年居《お》り
都風情《みやこふぜえ》を　忘れて仕舞《も》たで》

天離《あまざか》る　鄙《ひな》に五年《いつとせ》　住いつつ
都の風俗《てぶり》　忘らえにけり
——山上憶良《やまのうえのおくら》——（巻五・八八〇）

《いつまでも　溜息《ためいき》ついて　暮らすんか
今年も来年《つぎ》も　その翌年《つぎとし》も》

斯《か》くのみや　溜息《いきづき》居らん
新玉《あらたま》の（めぐり来る）　来経往《きへゆ》く年の
限り知らずて
——山上憶良《やまのうえのおくら》——（巻五・八八一）

《頼みます　帥殿《あんた》の引きで
奈良の都に　春来たら　呼び戻してや》

我が主《ぬし》の　御霊賜《みたまたま》いて（推挙たまわり）
春来《さ》らば
奈良の都に　召上《めさ》げ給わね
——山上憶良《やまのうえのおくら》——（巻五・八八二）

憶良私懐《わたしのおもい》の歌を　前にして　旅人は　思う
（本心　わしと共にと　思うてくれているのだ
残される者の心　分からぬ　わしでない）
旅人は　妻を亡くした時の
憶良の　友情《なさけ》を　思い起こしていた

水城《みずき》の上に

旅立ちの一行は　帥《そち》の館《やかた》を出
いま　水城《みずき》の堤に立っていた
振り返る　旅人《たびと》
三年を過ごした　館《やかた》が見える
それらの日々が　走馬灯《そうまとう》回る如くに　思われる
筑紫赴任への　船旅
小野老《おののおゆ》歓迎の　春の宴《うたげ》
憶良との　すれ違い
大伴郎女《いらつめ》との　永遠《とわ》の別れ
憶良の　心情《こころ》あふれる弔問《ちょうもん》
郎女《いらつめ》無き日々の憂《うれ》い

丹生女王《にうのおおきみ》からの便り
長屋王《ながやおう》の変
総勢三十二人が集《つど》いし　梅花宴《うめはなうたげ》
松浦川《まつらがわ》への　遊行《ゆうこう》
死病の取り憑《つ》かれと　回復
なんと　目まぐるしくもの　日々であったろう

馬上　感慨《かんがい》にふける旅人に　歩《あゆみ》を寄せる女人《にょにん》
筑紫での　数多《あまた》の宴席に侍《はべ》りし　児島《こじま》
老齢　やもめの旅人に
それとなくの気遣《きづか》いを見せてくれた　児島
旅人とて　その都度の　気配《きくば》りを
気付かずにいたわけではない
ここ　大宰府《だざいふ》を去り　京《みやこ》へと戻れば
児島との別れは　今生《こんじょう》のものとなろう
互いの胸を知りながら
それぞれが　別れの心を詠《うた》う

《平時《いつも》やと　袖振るけども　門出《かどで》には
端《はし》ないかと　堪《こら》えてるんや》

常《おお》ならば　斯《か》も斯《か》も為《せ》んを（思う様するが）
畏《かしこ》みと
振り痛《た》き袖を　忍びてあるかも
――児島《こじま》――（巻六・九六五）

《行く道は　雲の向こやで
堪《たま》らんと　袖振るけども　堪忍《かんにん》してや》

倭道《やまとじ》は　雲隠《がく》りたり
然《しか》れども
我が振る袖を　無礼《なめ》しと思《も》うな
――児島《こじま》――（巻六・九六六）

《帰り道　吉備の児島を　通過《とお》る時　思い出すやろ　筑紫の児島》

倭道《やまとじ》の　吉備の児島を
過ぎて行かば
筑紫の児島　思おえんかも
——大伴旅人《おおとものたびと》——（巻六・九六七）

《男やぞ　水城《みずき》の上で　涙なぞ　拭《ふ》いてたまるか　女の所為《ため》に》

大夫《ますらお》と　思える我れや
水茎《みずくき》の（何でまた）
水城の上に　涙拭《のご》わん（涙拭くかい）
——大伴旅人《おおとものたびと》——（巻六・九六八）

遠離《ざか》る　旅路の一行《いっこう》
今にも　泣き出しそうな空
雲が　垂れ込め　馬上の旅人を　隠し行く
堪《た》えに堪《た》えた　児島が　袖を振る
振り向こうともしない旅人の馬は　靄《もや》の彼方に

《家郷《いえ》思て　心逸《はや》りな　海荒れる　風窺《うかご》うて　気ぃ付け行きや》

家思《も》うと　心焦急《すす》むな
風守り　好《よ》くしていませ
荒しその道
——筑紫娘子《つくしのおとめ》（児島）——（巻三・三八一）

水城の全貌・太宰府市水城にて

潮干《ひ》潮満ち

旅人《たびと》の船出《ふなで》に　先立ち
郎党《ろうとう》・従者《じゅうしゃ》の一行《いっこう》は
那《な》の大津を後《あと》に　大和への航路を進んでいた
大和へ戻れば　大納言職遂行《すいこう》に
従者《じゅうしゃ》は倍増する
早急に帰っての　準備《そなえ》が必要とされる

主人《あるじ》　旅人とは違い　用意の船は　大船でなく
航路の不安は　比ぶべくもない
乗員の　船旅不安　帰京の喜び
二つの思いを乗せ　船は　一路　東へと・・・

《おお見える　アガの松原《はら》から　眺めたら
磯で娘子《おとめ》ら　玉藻《も》ぉ刈っとおる》

我が背子《せこ》を　あが松原よ（より）
（はるか向こ）　見渡せば
海人娘子《あまおとめ》ども　玉藻刈る見ゆ
——三野連石守《みののむらじいそもり》——（巻十七・三八九〇）

《海の潮　満ち干《ひ》するのん　時置くが
わしの思いは　止《や》む時無《な》しや》

荒津《あらつ》の海
潮干《ひ》潮満ち　待間《とき》はあれど
いずれの時か　我が恋いざらん
——作者未詳——（巻十七・三八九一）

《磯どこも　漁師の船が　泊まっとる
わしら泊るん　どこの磯やろ》

磯ごとに　海人《あま》の釣船
泊《は》てにけり
我が船泊てん　磯の知らなく
——作者未詳——（巻十七・三八九二）

《船出《ふねで》たん　昨日みたいに　思うたが
早いもんやな　ヒジキの灘《なだ》や》

昨日こそ　船出《ふなで》は為《せ》しか
鯨魚《いさな》取り（それやのに）
比治奇《ひじき》の灘を　今日見つるかも
——作者未詳——（巻十七・三八九三）

《船の楫《かじ》　漕ぐ間《ま》短い　そんな間《ま》も
わし家郷《いえ》のこと　忘れてへんで》

淡路島　門《と》渡る船の　楫間《かじま》にも
我れは忘れず　家をしぞ思う
——作者未詳——（巻十七・三八九四）

《船の上　波に揺られて　不安《こわい》がな
頼めや漕手《かこ》に　難除《なんよ》け唄を》

大船の　上にし居れば
天雲《あまくも》の（ただようて）
手立《たどき》も知らず　歌乞《こ》わん我が背
——作者未詳——（巻十七・三八九八）

《ぼんやりと　津野の松原　見えとおる
懐かし気持ち　湧《わ》き来よるがな》

海人娘子《あまおとめ》　漁《いざ》り焚《た》く火の　朧《おぼお》しく
津野の松原　思おゆるかも
——作者未詳——（巻十七・三八九九）
（海人娘子漁り焚く火＝ぼんやりと見える↓朧しく）

《幽《ゆ》や幽《ゆ》らと　武庫海峡に　日ィ暮れる
暮《く》れん寂《さみ》して　家郷《いえ》胸過《よ》ぎる》

たまはやす　武庫の渡《わたり》に
（近う来て）
天伝《あまづた》う
（ゆらゆらと）
日の暮れゆけば　家をしぞ思う
——作者未詳——（巻十七・三八九五）

《この命　家居《うち》ったかて　頼りない
波上《なみうえ》居《お》ると　尚更《なおさら》そやで》

家にても　揺蕩《たゆた》う命
波の上に　思いし居れば
奥処《おくか》知らずも
――作者未詳――（巻十七・三八九六）

《海越えて　何処《どこ》まで行くか　分からんに
帰るん何時《いつ》と　聞いたなあの児》

大海の　奥処《おくか》も知らず
行く我れを
何時《いつ》帰《き》まさんと　問いし児らはも
――作者未詳――（巻十七・三八九七）

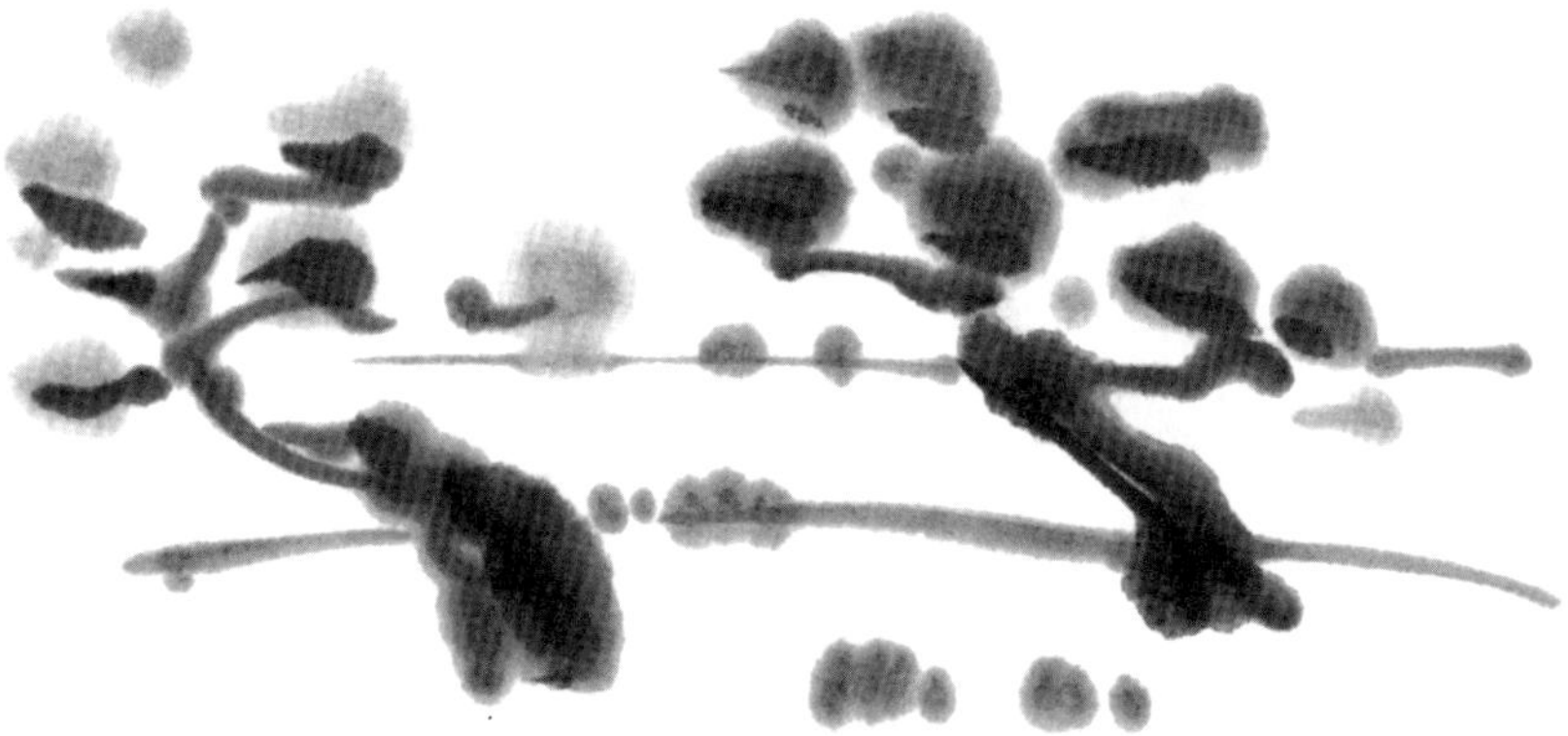

磯のむろの木

天平二年（730）十二月
大伴旅人《おおとものたびと》は　海路上京の途《と》にあった
（大宰帥《だざいのそち》として　筑紫へ下《くだ》ったは　三年前
あの時　妻と一緒であった
よもや半年　永遠《とわ》の別れが来ようとは・・・
大納言拝命《はいめい》の帰路だが
それを思うと　出世など　要《い》らぬわ
山上憶良《やまのうえのおくら》　沙弥満誓《さみまんせい》ら　心楽しい歌友《うたとも》がいた
酒も　こよない友であった
梅花《うめはな》の宴《うたげ》　任官祝いの宴　送別の宴
その度《たび》に　心の慰めとなった　歌と酒
宴果てた後《のち》の　虚《むな》しさ
あれは　お前の居《い》ない所為《せい》であったか）

今宵《こよい》の　船泊まりは　鞆《とも》の浦《うら》
旅人《たびと》に　妻恋しさが　甦《よみがえ》る

《お前見た　鞆《とも》のむろの木　変わらんが
それ見たお前　もう居《お》らんのや》

我妹子《わぎもこ》が　見し鞆の浦の
むろの木は
常世《とこよ》に在《あ》れど　見し人ぞ無《な》き
――大伴旅人《おおとものたびと》――（巻三・四四六）

《むろの木を　見る度《たび》お前　思い出す
一緒見たんが　忘れられんで》

鞆の浦の　磯のむろの木
見るごとに
相見し妹は　忘らえめやも
――大伴旅人《おおとものたびと》――（巻三・四四七）

《磯の上　根ぇ張るむろよ　教えてや
見てたあの人　どこ行ったんや》

むろの木・仙酔島にて

磯の上に　根這《ば》うむろの木
見し人を
何《い》処《ず》在《ら》と問わば　語り告げんか
——大伴旅人《おおとものたびと》——（巻三・四四八）

冬寒《ふゆさむ》の　海風《うみかぜ》は　身に沁《し》むものの
内海《うちうみ》の　航路は　波静かであった
夜明け　大和島嶺《やまとしまね》に　日が昇る
（ああ　帰ってきたのだ
左手に見えるは　敏馬《みぬめ》の崎か）
旅人《たびと》の胸に　またしても　妻の面影・・・

《来るときに　見た敏馬崎《みぬめさき》　帰りしな
ひとりで見たら　涙が出よる》

妹と来《こ》し　敏馬《みぬめ》の崎を
帰る時《さ》に
独りし見れば　涙ぐましも
——大伴旅人《おおとものたびと》——（巻三・四四九）

《来るときは　二人して見た　この崎《みさき》
ひとり通《とお》るん　悲してならん》

行く時《さ》には　二人我が見し
この崎を
独り過ぐれば　心悲しも
——大伴旅人《おおとものたびと》——（巻三・四五〇）

時に　旅人六十六歳
老齢の天離《あまざ》かる鄙《ひな》への赴任・妻との別れ
傷心《しょうしん》を抱《だ》いての帰郷であった

難波壮士《なにわおとこ》の

帰京後の　ひと月余り
旅人《たびと》は　旅の疲れも見せず
然《しか》るべき方面への　挨拶に　奔走《ほんそう》していた
公人としての役目
実直この上ない　旅人には
蔑《ないがし》ろにできない　日々であった

私人としての　落着きを得た　旅人
今度は　友との懇親《したしみ》に　忙しい
（そうそう　礼をせねば
帰京の折　難波浜での歓待の高安王《たかやすのおおきみ》
王は　この度《たび》　昇進の栄を得たにより
新しい束帯服《そくたいふく》を　送るとしよう）

《この粗末衣《ころも》　滅多《めった》な貴人《ひと》に　着さすなよ
漁師擬《まが》いの　難波壮士《あんた》は良《え》えが》

わが衣《ころも》　人にな着せそ
網引《あびき》する
難波壮士《なにわおとこ》の　手には触るとも
――大伴旅人《おおとものたびと》――　（巻四・五七七）

（大宰府《だざいふ》に　残った友からの便りが　来ておる
みな　それぞれに
寂《さみ》しく思うてくれておるようじゃ）

《大宰府《だざいふ》へ　通う山道　楽し無《な》い
続けて通《かよ》お　思ったのに》

今よりは　城《き》の山道は　寂しけん
我が通わんと　思いしものを
――葛井大成《ふじいのおおなり》――　（巻四・五七六）

《何時《いつ》までも　何時いつまでも　お仕えし
住も思とった　庭やったのに》

天地《あめつち》と　共に久しく　住まわんと
思いてありし　家の庭はも
——大伴三依《おおとものみより》——（巻四・五七八）

（わしも　人を送った後《あと》　寂《さみ》しい思いをした
あれは　大宰府《だざいふ》在任の頃
丹比県守《たじひのあがたもり》との別れであった）

《友無《な》しで　独り飲むんか　この酒を
あんたのために　造った云《ゆ》うに》

君がため　醸《か》みし待酒《まちざけ》
安の野に　独りや飲まん
友無しにして
——大伴旅人《おおとものたびと》——（巻四・五五五）

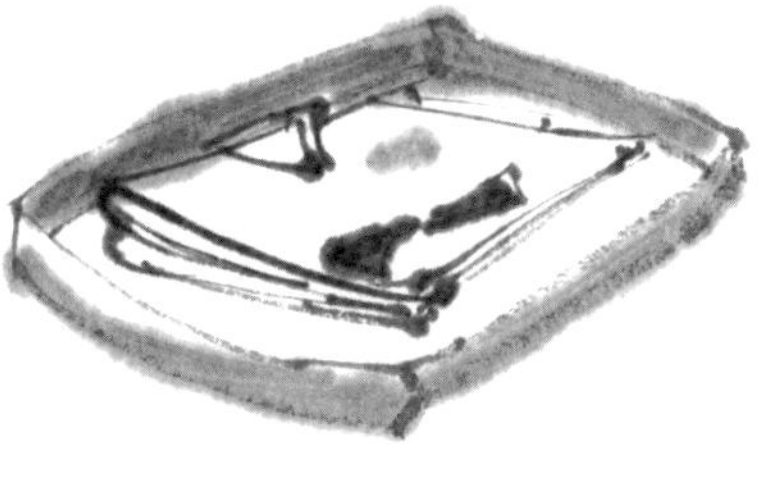

筑紫や何処《いずち》

《黒い髪　白《しろ》なるほどに　年齢《とし》取って
こんな苦しい　恋するやろか》
（相手男やのに）

(年取って)
ぬばたまの　黒髪変り
白髪《しらけ》ても
辛《いた》き恋には　逢う時ありけり
――沙弥満誓《さみまんせい》――（巻四・五七三）

（おお　これは　満誓《まんせい》殿からの便り
忙しさにかまけて仕舞《しも》うた　返事をせねば）

《気心の　知れた帥殿《あんた》に　置いてかれ
寂《さみ》しこっちゃで　朝夕《あさばん》ずっと》

(慕うてた)
真澄鏡《まそかがみ》　見飽かぬ君に
後《おく》れてや
朝夕《あしたゆうべ》に　寂《さび》つつ居《お》らん
――沙弥満誓《さみまんせい》――（巻四・五七二）

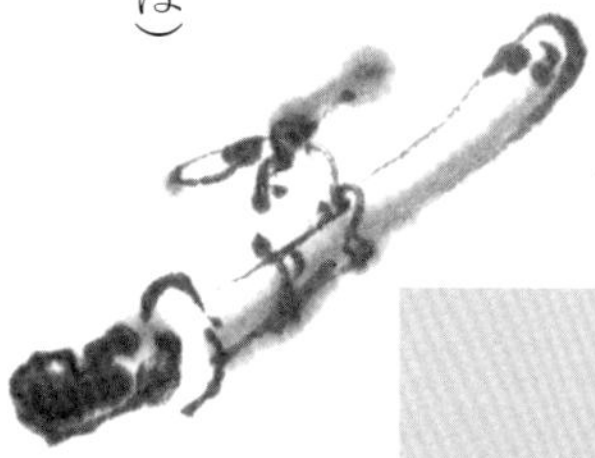

《都から　筑紫何処《どこ》やと　見てみるが
白雲《くも》の棚引く　彼方《かなた》や遥か》

ここに居《あ》りて　筑紫や何処《いずち》
白雲の
棚引く山の　方《かた》にしあるらし
――大伴旅人《おおとものたびと》――（巻四・五七四）

《毎日を　心許無《もとの》う　暮らしてる
お前さん云《ゆ》う　友置いてきて》

草香江《くさかえ》の　入江に餌食《あさ》る　葦鶴《あしたづ》の
無性《あな》辿々《たずたず》し　友無しにして
――大伴旅人《おおとものたびと》――（巻四・五七五）

人恋しい　旅人がいた

【沙弥満誓《さみまんせい》の歌】

《人生は　譬《たとえ》て言たら　船みたい
行《ゆ》って仕舞《しも》たら　何《な》も残らんで》

世間《よのなか》を　何に譬《たと》えん
朝開き　漕ぎ去《い》にし船の　跡なき如《ごと》し
――沙弥満誓《さみまんせい》――（巻三・三五一）

《足柄《あしがら》の　山で船材《ふなざい》　伐《き》り出《だ》すに
端材《はざい》にするか　あゝ良材《ええき》やに》

（飛び切りの　良《え》え児やったに
仕様《しょう》もない　男に取られ　えい悔《くや》しいで）

鳥総《とぶさ》立て　足柄山に　船木伐《き》り
端材《き》に伐り行きつ　可惜船材《あたらふなき》を
――沙弥満誓《さみまんせい》――（巻三・三九一）
（鳥総立て＝枝葉付きの梢を切り株に立て山神に祈る）

《山陰《やまかげ》で　隠《かく》れて見えん　あの月を
皆《みな》見たいんや　どもならんのか》

（家隠《こも》る　評判《うわさ》のあの児
誰《だれ》かても　見と思てるに　どもならんのか）

見えずとも　誰《た》れ恋いざらめ
山の端《は》に
漂《いさよ》う月を　外《よそ》に見てしか
――沙弥満誓《さみまんせい》――（巻三・三九三）

植えし梅の樹《き》

佐保の旧邸《きゅうてい》
ここは
大宰府《だざいふ》赴任前　大伴郎女《おおとものいらつめ》と共に暮らした家
(築山《つきやま》を造り　梅を植え・・・
今から　思えば
なんと満ち足りた　睦《むつみ》の時間《とき》であったのか)
(帰京が決まった折にも
ここ佐保の家が　思い出された
あの時　寂《さみ》しさ　如何《いか》ばかりかと　思いし
帰京後の心情《おもい》)

《帰られる　時来たけども　帰っても
誰の手枕　わし為《し》た良んや》

帰るべく　時は成りけり
京《みやこ》にて　誰《た》が手本《たもと》をか　我が枕為《か》ん
——大伴旅人《おおとものたびと》——(巻三・四三九)

《戻っても　寂《さみ》し家での　独り寝は
苦しこっちゃろ　野宿寝《のじゅくね》よりか》

京《みやこ》なる　荒れたる家に　ひとり寝ば
旅に更増《まさ》りて　苦しかるべし
——大伴旅人《おおとものたびと》——(巻三・四四〇)

(いやいや　戻ってみると
筑紫の空で　思うたより
遥かに辛《つら》く　寂《さみ》しい限りじゃ)

《愛妻《ひとお》居らん　空《うつ》ろな家に　暮らすんは
旅よりずっと　虚《むな》しいこっちゃ》

人も無き　空《むな》しき家は
草枕
(寂しいて)旅に更増《まさ》りて　苦しかりけり
——大伴旅人《おおとものたびと》——（巻三・四五一）

《二人して　往年《むかし》作った　家《うち》の庭
木ィ鬱蒼《うっそう》と　繁って仕舞《しも》た》

妹として　二人作りし
我が山斎《しま》は
木高《こだか》く繁《しげ》く　成りにけるかも
——大伴旅人《おおとものたびと》——（巻三・四五二）

《手ずからに　お前の植えた　梅の木を
見る度《たび》泣ける　胸込み上げて》

我妹子《わぎもこ》が　植えし梅の樹《き》
見るごとに
こころ咽《む》せつつ　涙し流る
——大伴旅人《おおとものたびと》——（巻三・四五三）

目に映《うつ》る　あれもこれも
郎女《いらつめ》への思い無しには
見ることの適《かな》わぬものばかり

【大伴女郎《おおとものいらつめ》の歌】

《雨や言《ゆ》て　常時《いつも》来んのに　偶《たま》さかに
来た昨夜《きの》降られ　懲《こ》りたん違《ちゃ》うか》

雨障《あまつつ》み(雨嫌ろて)　常する君は(出て来んあんた)
久方の(まん悪う)　昨夜《きぞ》の夜《よ》の雨に
懲《こ》りにけんかも
——大伴女郎《おおとものいらつめ》——（巻四・五一九）

《いっそ雨　降らへんもんか
帰られん　あんたと居《お》って　一日《いちにち》暮らそ》

久方の(良えぐあい)　雨も降らぬか
雨障《あまつつ》み
君に添《たぐ》いて　この日暮らさん
——後の人（家持らしい）——（巻四・五二〇）

淵は浅びて

思う以上に　中央政界の変貌《へんぼう》は　激しかった
長屋王《ながやおう》の変事を経て
皇親《こうしん》勢力の打撃は　覆《おお》うべくもなく
藤原氏四卿《しきょう》は　ますますの権勢《けんせい》誇り
他の貴族の力は　衰えそのものであった
旅人《たびと》にとり　大納言職は　有名無実

張り切っての帰郷故《ゆえ》の　虚脱《きぬけ》
老境の身に　加わった　心の空虚《むなしさ》
身体《からだ》の不調は　旅人に取りつき
床《とこ》を延《の》べることが　日増しに多くなっていた
身は　奈良《なら》の佐保に　あるものの
思われるのは　故郷《ふるさと》　飛鳥のことばかり

《一寸《ちょっと》でも　行きとう思う　飛鳥淵《あすかふち》
浅《あそ》なって瀬に　なったん違《ちゃ》うか》

暫時《しましく》も　行きて見てしか
神奈備《かんなび》の　淵は浅びて
瀬にかなるらん
――大伴旅人《おおとものたびと》――　（巻六・九六九）

《飛鳥野《あすかの》の　栗栖《くるす》の里へ　行てみたい
萩散る時分《じぶん》　先祖《せんぞ》参りに》

指進《さしずみ》の　栗栖《くるす》の小野の　萩が花
（ふるさとの）
散らん時にし　行きて手向《たむ》けん
――大伴旅人《おおとものたびと》――　（巻六・九七〇）

その萩　まさに　花開こうとする　七月
看護虚《むな》しく　武人の家の　誇り継ぎし旅人は
帰らぬ人となった

朝廷よりの　看護の司《つかさ》　犬養人上《いぬかいのひとがみ》は　詠《うた》う

《崇《あが》め見て　慕《しと》うておった　旅人《あんた》はん
死んで仕舞《しも》うて　悲しいこっちゃ》

見れど飽かず　座《いま》しし君が
黄葉《もみじば》の
移りい去《ぬ》れば　悲しくもあるか
——犬養人上《いぬかいのひとがみ》——（巻三・四五九）

そこに控え居《い》た　資人《しじん》（官から与えられた従者）の余明軍《よのみょうぐん》も
血涙《けつるい》と共に　詠《うた》う

《慕《しと》うてた　主君《あんた》存命《お》ったら　お召声《めしごえ》
昨日も今日も　掛ったやろに》

愛《は》しきやし　栄えし君の
座《いま》しせば
昨日も今日も　我《わ》を召《め》さましを
——余明軍《よのみょうぐん》——（巻三・四五四）

《萩の花　咲いてるやろか　尋《き》いてたな
こない成るのん　知らんとからに》

斯《か》くのみに　成《あ》りけるものを
萩《はぎ》の花　咲きて在《あ》りやと
問いし君はも
——余明軍《よのみょうぐん》——（巻三・四五五）

《主君《あんた》はん　恋し思ても　甲斐ないな
泣き泣きおるで　朝夕《あさばん》なしに》

君に恋い　甚《いた》も術無《すべな》み
蘆鶴《あしたづ》の（そや云うに）　哭《ね》のみし泣かゆ
朝夕《あさよい》にして
——余明軍《よのみょうぐん》——（巻三・四五六）

《何時《いつ》までも　お仕え仕様《しょう》と　思てたに
主君《あんた》居らんで　しょぼくれとおる》

遠長く　仕《つか》えんものと　思えりし
君座《いま》さねば　心《こころ》どもなし
(こころ萎えるわ)
——余明軍《よのみょうぐん》——（巻三・四五七）

《赤ん坊が　這《は》いずり回り　泣くみたい
朝夕《あさばん》泣くわ　主君《あんた》居らんで》

若子《みどりご》の　這《は》いた廻《もとお》り
朝夕《あさよい》に
哭《ね》のみぞ我が泣く　君無しにして
——余明軍《よのみょうぐん》——（巻三・四五八）

永年《ながねん》　仕えた　資人《しじん》の　旅人に寄せる
思いの丈《たけ》
そこには　見事な　主従の姿があった
旅人　享年《きょうねん》六十七歳

憶良編

行《ゆ》きし荒雄《あらお》ら

「筑前守様《ちくぜんのかみ》　大変でございます」
着任早々の　憶良の許《もと》に　悲報がもたらされた
筑前国《ちくぜんのくに》　滓屋郡《かすやのこおり》志賀村の荒雄《あらお》の船「鴨丸《かもまる》」遭難
五島列島みみらくから　対馬《つしま》への食糧輸送の船
出航間《ま》なしの　俄《にわ》かの嵐
荒れ狂う海に　なす術《すべ》なく
船は敢《あ》えなく　波間に沈む
本来　宗像郡《むなかたのこおり》　宗形津麿《むなかたのつまろ》に下った命《めい》
津麿《つまろ》の　老身《ろうしん》故の頼みに
友思いの荒雄が　買って出た任務
海の荒れ　静まっての捜索も　甲斐《かい》無く
板子残骸《いたこざんがい》の浮遊《ふゆう》を　認めるのみ

残された妻子《つまこ》の悲しみを思い　憶良は　詠《うた》う

《荒雄《あらお》はん　助け求めて　袖振るで
君命違《くんめいちゃ》うに　男気《おとこぎ》出して》

大君の　遣《つか》わさなくに
賢《さか》しらに　行きし荒雄ら　沖に袖振る
――山上憶良《やまのうえのおくら》――（巻十六・三八六〇）

《荒雄はん　帰って欲しと　陰膳《ぜん》据《す》えて
なんぼ待っても　戻って来《こ》んわ》

荒雄らを　来《こ》んか来《こ》じかと
飯《いい》盛りて　門《かど》に出《い》で立ち　待てど来まさず
――山上憶良《やまのうえのおくら》――（巻十六・三八六一）

《志賀山の　木ィ切らんとき　荒雄はん
偲ぶ縁《よすが》に　見と思うから》

志賀の山　甚《いた》くな伐《き》りそ
荒雄らが　縁《よすが》の山と　見つつ偲ばん
――山上憶良《やまのうえのおくら》――（巻十六・三八六二）

みみらくの崎・五島市三井楽町柏崎

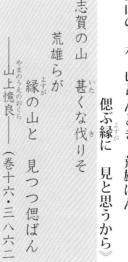

《荒雄はん　船出《ふなで》してから　居《お》らへんで
大浦田沼《おおうらたぬ》は　寂《さみ》しになった》

荒雄らが　行きにし日より
志賀の海人《あま》の　大浦田沼は
寂しくもあるか
――山上憶良《やまのうえのおくら》――（巻十六・三八六三）

《お役所が　名指しもせんに　荒雄はん
男気《おとこぎ》出して　波間で呼ぶよ》

官《つかさ》こそ　指《さ》しても遣《や》らめ
賢《さか》しらに
行きし荒雄ら　波に袖振る
――山上憶良《やまのうえのおくら》――（巻十六・三八六四）

《荒雄はん　妻子《つまこ》の生活《くらし》　思わんと
もう長いこと　戻って来んわ》

荒雄らは　妻子《めこ》の生業《なり》をば
思わずろ
年の八歳《やとせ》を　待てど来まさず
――山上憶良《やまのうえのおくら》――（巻十六・三八六五）

《崎守《さきもり》よ　鴨云《ゆ》う船が　戻ったら
早よ早よ言《ゆ》てや　待ってるからに》

沖つ鳥　鴨云《ゆ》う船の　帰り来《こ》ば
也良《やら》の崎守　早く告げこそ
――山上憶良《やまのうえのおくら》――（巻十六・三八六六）

《也良の崎　岬廻《まわ》って　鴨丸の
来た言《ゆ》う知らせ　来んもんやろか》

沖つ鳥　鴨云《ゆ》う船は
也良《やら》の崎
廻《た》みて漕ぎ来《く》と　聞こえ来ぬかも
——山上憶良《やまのうえのおくら》——（巻十六・三八六七）

《荒雄はん　土産《みやげ》を積んだ　官船《ふね》出《だ》して
見舞いにしたら　見てくれるかな》

沖行くや　赤ら小船《おぶね》に　苞遣《つとや》らば
けだし人見て（もし見つけたら）　開き見んかも
——山上憶良《やまのうえのおくら》——（巻十六・三八六八）

《荒雄はん　大船小船　潜《もぐ》らして
探《さが》してみても　無駄なんやろな》

大船に　小船《おぶね》引き添え　潜《かず》くとも
志賀の荒雄に　潜き合わめやも
——山上憶良《やまのうえのおくら》——（巻十六・三八六九）

「行きし荒雄ら」歌碑・五島市三井楽町白良浜万葉公園

今は罷《まか》らん（旅人編再出）

神亀五年（728）春
大宰帥《だざいのそち》　旅人《たびと》からの回状
赴任早々の　小野老《おののおゆ》歓迎宴《うたげ》の誘い

「先ずは老《おゆ》どの
貴殿の歌がなくては始まらぬ」
旅人が促す

《賑《にぎ》やかな　奈良《なら》の京《みやこ》は　色映《は》えて
花咲くみたい　今真っ盛り》

青丹《あおに》よし　奈良の京《みやこ》は
（賑わえる）咲く花の
映《にお》うがごとく　今盛りなり
——小野老《おののおゆ》——（巻三・三二八）

「おお　早速に　京《みやこ》恋しの歌か
いやいや我らへの　京《みやこ》伝えの手土産《てみやげ》歌と見た」

《大君《おおきみ》の　治めてなさる　この国で
やっぱり京《みやこ》　好《え》えなと思う》

やすみしし　我が大君の
（輝ける）統治《しき》ませる
国の中《うち》には　京《みやこ》し思おゆ
——大伴四綱《おおとものよつな》——（巻三・三二九）

《ここ筑紫　藤花《ふじ》が盛りや　それやのに
やっぱり小野老《あんた》　恋しか京《みやこ》》

藤波の　花は盛りに　なりにけり
奈良の京《みやこ》を　思おすや君
——大伴四綱《おおとものよつな》——（巻三・三三〇）

「四綱《よつな》殿も　京《みやこ》か　ほんにわしもじゃが」

《も一遍《いっぺん》　若返りたい　そやないと
奈良《なら》の京《みやこ》を　見られんままや》

我が盛り　また変若《おち》めやも
殆々《ほとほと》に（もう多分）
奈良の京《みやこ》を　見ずかなりなん
——大伴旅人《おおとものたびと》——（巻三・三三一）

《この命　も一寸《ちょっと》だけも　延《の》びんかな
象《きさ》の小川を　また見たいんで》

我が命も　常に在《あ》らぬか
昔見し　象《きさ》の小川を
行きて見んため
——大伴旅人《おおとものたびと》——（巻三・三三二）

《何やかや　つらつらつらと　思う度《たび》
明日香《あすか》の故郷《さと》が　懐かしのんや》

浅茅原《あさじはら》（あれやこれ）　つばらつばらに（切に　つくづく）
もの思《も》えば
故《ふ》りにし郷《さと》し　思おゆるかも
——大伴旅人《おおとものたびと》——（巻三・三三三）

《忘れ草　身ぃ付けるんは　香具《かぐ》山の故郷《さと》
忘れときたい　思うてからや》

忘れ草　我が紐に付く
香具山の　故《ふ》りにし里を
忘れんがため
——大伴旅人《おおとものたびと》——（巻三・三三四）

《筑紫には　長《な》ご居《お》らんから　夢の淀入江《わだ》
浅瀬ならんと　淵《その》まま居りや》

我が赴任《ゆき》は　久にはあらじ
夢の淀《わ》入江《だ》
瀬には成らずて
淵《ふち》に在《あ》らぬかも
――大伴旅人《おおとものたびと》――（巻三・三三五）

「京京《みやこみやこ》と　女々《めめ》しいぞ　わしは筑紫の歌じゃ」
《珍しい　筑紫の真綿《まわた》
まだわしは
着《き》とらんけども　温《ぬく》そに見える》

しらぬい　筑紫の綿は
（舶来の）
身に着けて　未《いま》だは着ねど
暖かに見ゆ
――沙弥満誓《さみまんせい》――（巻三・三三六）

「どこの女のことじゃ　相変わらず」　老《おゆ》が囃《はや》す
満誓の比喩歌《ひゆうた》で　座は一挙盛り上がる
末席　興《きょう》に加わらない憶良《おくら》がいる
旅人が　はるか主座《しゅざ》から　声を掛ける
「憶良殿　酒も進まぬようじゃが
どうじゃ　一首召《め》されぬか」
《憶良めは　もう帰ります　子ぉ泣くし
女房《よめ》もこのわし　待ってますんで》

憶良らは　今は罷《まか》らん
子泣くらん
そのかの母も　我を待つらんぞ
――山上憶良《やまのうえのおくら》――（巻三・三三七）

（身内奉仕か　喰えぬ男じゃ）
渋い顔の旅人《たびと》　杯をあおる

「今は罷らん」歌碑・嘉麻市鴨生鴨生公園

溜息《おきそ》の風に（旅人編再出）

日は　とっぷりと暮れていた
旅人館《たびとやかた》の門を潜《くぐ》る人がいる
筑前《ちくぜん》国府からはそう遠くない
遅すぎた弔問《ちょうもん》だ
悲しみに打ちひしがれる旅人《たびと》
その額《ひたい》に　縦皺《たてじわ》が寄る
（喰えん男が　今頃に・・・）

《都離《はな》れて遠い
　子供みたいに　付いて来て
一息吐《つ》く間　無いままで
　年月そんな　経《た》たんのに
　　思いも寄らん　ことなった》

大君の（この国の）　遠《とお》の朝廷《みかど》と
　しらぬい（はるばると）　筑紫の国に
　　泣く子なす　慕い来まして
息だにも　未《いま》だ休めず
　年月も　未《いま》だ経《あ》らねば
　　心ゆも（夢にさえ）　思わぬ間《あいだ》に
　　　うち靡き　臥《こや》しぬれ

《どしたら良《え》えか　分からへん
応《こた》えよらんわ　石や木も
奈良に居《お》ったら　こんなこと
ならんかったに　なぁお前
どない為《せ》言《ゆ》んや　このわしに
二人仲良う　暮らそやと
言《ゆ》うてたお前　もう家《ここ》居《お》らん》

言わん術《すべ》　為《せ》ん術知らに
石木《いわき》をも　問い放《さ》け知らず
家ならば　形《かたち》は在《あ》らんを（生きとれたのに）
恨《うら》めしき　妹の命《みこと》の
我れをばも　如何《いか》にせよとか
鳰鳥《におどり》の（仲良うに）　二人並び居《い》
語らいし　心背《そむ》きて
家離《さか》りいます
——山上憶良《やまのうえのおくら》——（巻五・七九四）

《家帰り　どしたら良《え》んや　このわしは
寝床《ねどこ》見たかて　寂《さみ》しいだけや》

家に行きて　如何《いか》にか我が為《せ》ん
枕づく（二人寝た）　妻屋《つまや》寂しく　思おゆべしも
——山上憶良《やまのうえのおくら》——（巻五・七九五）

《可愛《かい》らしに　あんな屡々《いっぱい》　甘え来た
そんな気持に　応《こた》えられんで》

愛《は》しきよし　斯《か》くのみからに　慕《した》い来《こ》し
妹が心の　術《すべ》もすべなさ（痛ましことよ）
——山上憶良《やまのうえのおくら》——（巻五・七九六）

《悔しいな　こんなことなら　眺め良《え》え
筑紫国中《くにじゅう》　見せたったのに》

悔しかも　斯《か》く知らませば
青丹《あおに》よし（ここの良え）
国内《くぬち》悉《ことごと》と　見せましものを
――山上憶良《やまのうえのおくら》――（巻五・七九七）

《梅檀《せんだん》の　花散り相や　思い出《で》の
縁無《よすがの》うなる　癒《い》えもせんのに》

妹が見し　楝《あうち》の花は
散りぬべし
我が泣く涙　未《いま》だ干《ひ》なくに
――山上憶良《やまのうえのおくら》――（巻五・七九八）

《大野山《おおのやま》　霧立ってるで　わし嘆く
溜息《ためい》溜《きた》まり　霧なったんや》

大野山　霧立ち渡る
我が嘆く
溜息《おきそ》の風に　霧立ち渡る
――山上憶良《やまのうえのおくら》――（巻五・七九九）

（形の弔問《ちょうもん》多い中《なか》
わしと心を同じうすべくの歌作りを・・・）
「憶良《おくら》殿・・・」
差し出す手に　旅人《たびと》の歌
《人の世は　空《から》っぽなんや　知らされた
思てたよりか　ずっと悲しで》

世の中は　空《むな》しきものと
知る時し
いよよ増々　悲しかりけり
――大伴旅人《おおとものたびと》――（巻五・七九三）

無言で　頷《うなず》く　憶良
老境の二人の眼に　乾ききらぬ涙

大野山・都府楼址蔵司横にて

子に及《し》かめやも

憶良の前には　膝まづき　頭《こうべ》を垂れる
もう一人の憶良がいる

憶良は　説諭《せつゆ》をしていた
「そなた　自分を偉いと　お思いか
世に名を成すが　そんなに　大切《だいじ》か
なに？　老いた父母《ちちはは》が　邪魔じゃと
そなたの今在《あ》るは
父母《ちちはは》が　居《お》ったればこそではないのか
なに？　纏《まと》いつく妻や子が　疎《うと》ましいじゃと
癒《いや》され　慰めを得たことは　なかったのか
なになに　自分が出世したらば
親孝行も思いのまま
妻子《つまこ》にも贅沢《ぜいたく》させられると　申すか
なんと　愚かな　身の程を　知りなされ」

「勝れる宝」歌碑・南巨摩郡富士川町増穂小学校

《父母《ちちはは》云《ゆ》んは　尊《とうと》いと
妻や子供は　可愛《かい》らしと
そう思うんが　当たり前
縁繋《えにしつな》がり　切れ様《よ》ない
先行き云《ゆ》んも　知れ様《よ》ない》

父母を　見れば尊《とうと》し
妻子《めこ》見れば　愛《めぐ》し愛《うつく》し
世の中は　斯《か》くぞ道理《ことわり》
黐鳥《もちとり》の　斯《か》く在《あ》らしもよ
行方《ゆくえ》知らねば
（黐鳥《もちとり》の＝鳥もちに捕まった鳥＝粘り着いて離れない）

《ボロ沓《ぐつ》棄《ほ》る様《よ》　家族捨て
出て行く云《ゆ》んは　人と違《ちゃ》う
何処《どこ》の何奴《どいつ》や　こらお前》

穴破沓《うげぐつ》を　脱ぎ棄《つ》る如く
踏み脱ぎて　行く云《ゆ》う人は
石木《いわき》より　生《な》り出《で》し人か
汝《な》が名告《の》らさね

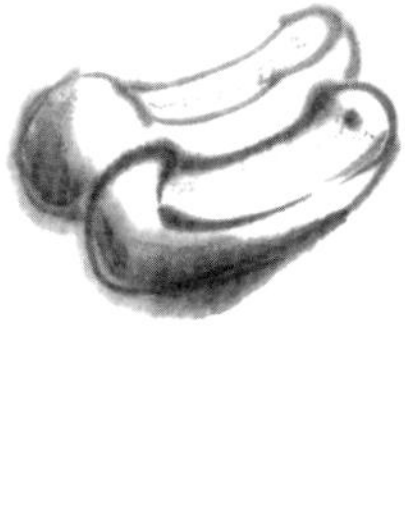

《一人よがりの　聖道《ひじりみち》
行きたい云《ゆ》なら　勝手にせ
大君居《おおきみい》ます　人の世で
お天道《てんと》さんの　照らす下《もと》
雲の行き着く　空の果て
蟇《がま》の這《は》い着く　地ぃの果て
何処《どこ》へ行っても　良《え》え国の
此処《ここ》で暮らそと　思うなら
気まま勝手に　するやない
相《そ》は思わんか　なぁお前》

天《あめ》へ行かば　汝《な》が任《ま》に任《ま》に
(お好きな様に)
地《つち》ならば　大君います
この照らす　日月の下は
天雲《あまくも》の　向伏《むかぶ》す極《きわ》み
谷蟇《たにぐく》の　さ渡る極《きわ》み
統治《きこしお》す　国のまほらぞ
(秀でた国ぞ)
斯《か》に斯《か》くに
欲しき任《ま》に任《ま》に
(勝手ほうだい)
然《しか》には在《あ》らじか
(するではないぞ)
——山上憶良《やまのうえのおくら》——（巻五・八〇〇）

《聖道《ひじり》　遠《とお》てお前に　似合《そぐ》わへん
さっさと戻り　地道《じみち》に暮らせ》

久方の　天路《あまじ》は遠し　直々《なおなお》に
(さぁお前)
家に帰りて　業《なり》を為《し》まさに
——山上憶良《やまのうえのおくら》——（巻五・八〇一）

憶良は　改めて　子を思う

《瓜を食うたら　思われる
　栗を食うては　また思う
　　どこから来たか　この子供
目ぇ瞑《つぶ》っても　顔浮かび
寝も出来んがな　気になって》

瓜食《は》めば　子ども思おゆ
　栗食《は》めば　まして偲《しの》ばゆ
何処《いずく》より　来《きた》りしものぞ
眼交《まなかい》に　無性《もとな》懸かりて
　安眠《やすい》し寝《な》さぬ
　——山上憶良《やまのうえのおくら》——（巻五・八〇二）

《金や銀　宝の玉も　そんなもん
　なんぼのもんじゃ　子が一番じゃ》

銀《しろかね》も　金《くがね》も玉も　何せんに
　勝《まさ》れる宝　子に及《し》かめやも
　——山上憶良《やまのうえのおくら》——（巻五・八〇三）

うな垂《だ》れる憶良の肩を　いま一人の憶良が叩《たた》く
（嘉摩《かま》三部作の一、二）

【「老男は」に続く】

老男《およしお》は

【「子に及かめやも」の続き】

我に還《かえ》った憶良
（この歳になって　なにを　青いこと
昔の夢を　いつまで　抱《だか》えているのか
人の世を　渡ってきた者としての
老成《ろうせい》の歌を詠《うた》ってみねば・・・）

《人の世云《ゆ》んは　まま為《な》らん
月日経《た》つのん　あっ言《ち》ゅう間
追い来る老いは　次々と
あれやこれやと　攻め寄せる》

世間《よのなか》の　術《すべ》なきものは
年月は　流るる如し
取り続き　追い来るものは
百種《ももくさ》に　迫《せ》め寄り来たる

《若さ華《はな》やぐ　少女《むすめ》らが
唐玉《からたま》巻いて　身ぃ飾り
仲好し同士　手ぇ繋《つな》ぎ
戯《たわむ》れ遊ぶ　盛り時《どき》
瞬《また》く間ぁに　過ぎて仕舞《も》て
緑《みどり》黒髪　白髪《しらが》生え
綺麗《きれえ》な顔に　皺《しわ》増える》

少女《おとめ》らが　少女相応《おとめさびす》と
唐玉《からたま》を　手本《たもと》に纏《ま》かし
同輩児《よちこ》らと　手携《たずさ》わりて
遊びけん　時の盛りを
留《とど》みかね　過ごし遣《や》りつれ
蜷《みな》の腸《わた》(みどり成す)　か黒き髪に
何時《いつ》の間か　霜の降《ふ》りけん
紅《くれない》の　面《おもて》の上に
何処《いずく》ゆか　皺《しわ》が来たりし

《男盛りを　自慢げに
刀や大刀《たち》を　腰差して
狩りする弓を　手に持って
馬に鞍置き　駆《か》け乗って
遊び回って　居《お》れる日が
何時《いつ》まで続く　訳はない》

大夫《ますらお》の　男子相応《おとこさびす》と
剣大刀《つるぎたち》　腰に取り佩《は》き
猟弓《さつゆみ》を　手握《たにぎ》り持ちて
赤駒に　倭文鞍《しつくら》うち置き
這《は》い乗りて　遊び歩きし
世間《よのなか》や　常に在《あ》りける

《少女《むすめ》ら寝てる　部屋の戸を
押し開《あ》け忍び　探り寄り
腕巻き抱いて　寝る夜は
長ごは続かん　そのうちに》

少女《おとめ》らが　さ寝《な》す板戸を
押し開き　い辿《たど》り寄りて
真玉手《またまで》の　玉手さし交《か》え
さ寝し夜の　幾許《いくだ》もあらねば
（云うほど無いぞ）

《手にした杖を　腰に当て
あっちへ行って　疎《うと》まれて
こっち来たなら　嫌われる
年取る云《ゆ》んは　そんなもん
生きてる限り　仕様《しょう》がない》

手束杖《たつかつえ》　腰に当《たが》ねて
斯《か》行けば　人に厭《いと》われ
斯《か》く行けば　人に憎《にく》まえ
老男《およしお》は　斯《か》くのみならし
たまきはる　命惜《お》しけど
（人故に）
せん術も無し
――山上憶良《やまのうえのおくら》――（巻五・八〇四）

《何時までも　達者《たっしゃ》で居たい　思うても
これが定めや　老い止《と》められん》

常磐《ときわ》なす　斯《か》くしもがもと　思えども
（このままで）（変わらず居たい）
世の事なれば　留《とど》みかねつも
――山上憶良《やまのうえのおくら》――（巻五・八〇五）

そこには　まだ　諦《あきら》めきれない　憶良がいた
（嘉摩《かま》三部作の三）

何か障《さや》れる

「帥《そち》殿　ひとつ　松浦路《まつらじ》への遠出の宴《うたげ》
と云《ゆ》うのは　如何《いかが》かな」
満誓《まんせい》が提案した
憶良の　気鬱《きうつ》を気遣《づか》ってのもの
「さよう　憶良殿は　任務に忠実過ぎていかん
いま少し　余裕がなくては」

「松浦県」歌碑・鏡山山頂鏡山神社車祓所前

《暑気払い宴《うたげ》の企画　これあり
領布振山《ひれふりやま》での松原俯瞰《ふかん》並びに松浦川《まつらがわ》での鮎釣り
諸般　公務多忙の折と思われるが
万障《ばんしょう》繰り合わせての参加を乞《こ》う》

（またまた　帥《そち》殿
遊び人満誓《まんせい》に　唆《そその》かされての企《くわだ》てか
規定《さだめ》に『諸国の国司《こくし》　大宰府《だざいふ》官人の役目
管内巡行　民情視察にあり』とあるに
視察に名を借りての　遊興三昧《ゆうきょうざんまい》
許されることではないわ
それにしても　佐用姫《さよひめ》の領布振山《ひれふりやま》か
帯日売《たらしひめ》の松浦川《まつらがわ》か・・・
いやいや　任務遂行　お役目大事）

旅人に　憶良からの　欠席詫《わ》び状が届く

《佐用姫《さよひめ》が　領布《ひれ》振った云《ゆ》う　山の名を
聞くだけ聞いて　わし留守番か》

松浦県《まつらがた》　佐用姫の子が
領巾振りし
山の名のみや　聞きつつ居らん
――山上憶良《やまのうえのおくら》――（巻五・八六八）

《帯日売《たらしひめ》　釣りする云《ゆ》うて　立った石
見るのん誰や　わし見られんに》

帯日売　神の命《みこと》の　魚釣《なつ》らすと
御立《みた》たしせりし　石を誰《たれ》見き
――山上憶良《やまのうえのおくら》――（巻五・八六九）

《百日も　掛る訳ない　松浦路《まつうらじ》
行って帰るに　不都合《ふつご》はないに》

百日《ももか》しも　行《ゆ》かぬ松浦路《まつらじ》
今日行きて　明日は来《き》なんを（明日帰れるに）
何か障《さや》れる
――山上憶良《やまのうえのおくら》――（巻五・八七〇）

「満誓《まんせい》殿　どう見られる
いやはや　お堅い　お堅い」
「痩《や》せ我慢も　ほどほどに　と言いたいが
まあ我々だけで　行くべし　行くべし」
通人《つうじん》の心　謹直《きんちょく》の人に　通じず

松浦佐用姫《まつらさよひめ》

《気鬱《きうつ》の病《やまい》　これ療養の要ありにつき
暫《しば》しの　任務停止《ちょうじ》を命ず
〈附〉領布振岳《ひれふりだけ》よりの眺め並びに松浦川《まつらがわ》の鮎
共に病《やまい》に効能ありと聞く　お試しあれ》
憶良の許《もと》に「令状」が届く

領巾振岳・唐津市浜玉町浜崎から

□伝えに言う
大伴狭手彦《おおとものさでひこ》　韓国《からくに》への任務を負う
松浦潟《まつらがた》を船出　船　遥《はる》かな沖に
時に　狭手彦《さでひこ》の　思慕人《おもいびと》　佐用姫《さよひめ》
別れの易《やす》く　会うの難《かた》きことを知り
高山《たかやま》に上《のぼ》り　船よ帰れと　領布《ひれ》を振る
船は戻らず　泣きくれる　佐用姫
七日七晩の　嘆きの後《のち》　石と化す
世の人　この高山をして　領布振《ひれふり》の嶺《みね》と称す

○山の名の由来歌
《佐用姫《さよひめ》は　夫《おっと》恋しと　領布《ひれ》振った
付いた山の名　そこから来てる》

遠《とお》つ人（むかし居た）　松浦佐用姫《まつらさよひめ》
夫恋《つまごい》に
領布振りしより　負《お》える山の名
――?――（巻五・八七一）

○後《のち》の人　付け加えての歌
《山の名に　付けて言い継げ　思てから
佐用姫領布《さよひめひれ》を　振ったんやろか》

山の名と　言い継げとかも
佐用姫が
この山の上《え》に　領布を振りけん
――?――（巻五・八七二）

○更に後の人　付け加えての歌
《いつまでも　語り継いでと　この山で
領布《ひれ》振ったんや　佐用姫《さよひめ》はんが》

万代《よろずよ》に　語り継げとし
この岳《たけ》に
領布振りけらし　松浦佐用姫《まつらさよひめ》
――?――（巻五・八七三）

憶良は　領布振山《ひれふりやま》の上
はるか沖合いを　眺めている
(可哀想に　佐用姫《さよひめ》の気持ちを　伝える歌が
ないではないか
代わって　わしが　詠《うと》うてやらねば)

○更に更に後の人　付け加えての歌
《沖へ行く　船帰ってと　根限《こん》り
領布《ひれ》振ったんや　佐用姫《さよひめ》はんが》

海原の　沖行く船を　帰れとか
領布振らしけん　松浦佐用姫《まつらさよひめ》
――山上憶良《やまのうえのおくら》?――（巻五・八七四）

《恋し船　止《と》めさすことが　出来《でけ》へんで
悔しかったろ　佐用姫《さよひめ》はんは》

行く船を　振り留《とど》みかね
如何《いか》ばかり
恋しくありけん　松浦佐用姫《まつらさよひめ》
――山上憶良《やまのうえのおくら》?――（巻五・八七五）

（意地を張るのも　辛《つら》いわい
「命《めい》」に弱いは　官人の常
帥殿《そちどの》も　痛いところを　突きなさる
お陰で　いい気晴らしを　させて貰《もろ》うた
持つべきものは　友・・・）

謹厳実直《きんげんじっちょく》の士《し》にも　情けは届く

【後《のち》にこれらの歌を　聞いて和した歌】

《噂聞《うわさき》き　まだ見とらんが　佐用姫《さよひめ》が　領巾《ひれ》振った云《ゆ》う　松浦《まつら》の山よ》

音に聞き　目には未《いま》だ見ず
佐用姫が
領巾振りき云《ゆ》う　君松浦山《まつらやま》
——三嶋王《みしまのおおきみ》——　（巻五・八八三）

二つの石を

予《か》ね予《が》ね　訪れたいとの思い
やっと叶《かの》うて
今　憶良は　怡土郡《いとのこおり》深江村にいる
玄界灘の向こう
はるかに　壱岐・対馬
韓国《からくに》は　霞《かすみ》の向こうか

深江の浜を望む　小高い丘に　それは　あった
大小　径一尺を越す　二つの長丸石
往来の者　須《すべから》く　拝すという
那珂郡《なかのこおり》蓑島の　建部牛麿《たけべのうしまろ》　云いたると
伝えし言葉　そのままに
石守《いしも》りの古老の話に　憶良　筆を執《と》る

《その名も高い　神功《じんぐう》の
皇后さんが　その昔
韓国征伐《からくにいくさ》　行く時に
心鎮《しず》めに　持ってくと
祀《まつ》り祈った　二つ石
世の人々に　示されて
後々《あとあと》までも　言い継げと》

懸《か》けまくは　極度《あや》に畏《かしこ》し
（口するも）
帯日女《たらしひめ》　神の命《みこと》
韓国《からくに》を　向け平《たい》らげて
御心《みこころ》を　鎮《しず》め給うと
い取らして　斎《いわ》い給いし
真玉なす　二つの石を
世の人に　示し給いて
万代《よろずよ》に　言い継《つ》ぐがねと
（言い継げよとて）

《ここの深江の　浜の上
海を望める　子負丘《こふ》に
手ずから祀《まつ》る　神の石
年月《としつき》経《た》って　今見ても
なんと尊い　この石よ》

海《わた》の底　沖つ深江の
海上《うなかみ》の　子負《こふ》の原に
御手《みて》ずから　置かし給いて
神《かん》ながら（年を経て）　神《かん》さび坐《いま》す（偉ろ古めかし）
奇魂《くしみたま》　今の現《おつつ》に　尊きろかも
——山上憶良《やまのうえのおくら》——　（巻五・八一三）

《この話　長《な》ごにずうっと　伝えよと
お置きになった　神宿り石》

天地《あめつち》の　共に久しく　言い継げと
此の奇魂《くしみたま》　敷かしけらしも
——山上憶良《やまのうえのおくら》——　（巻五・八一四）

深江子負原八幡（鳥居手前は安政年間万葉歌碑）

一衣帯水《いちいたいすい》
韓国《からくに》との海峡は
交易につけ　軍事につけ　船の行き交《か》った海
その昔　憶良を　唐《もろこし》へと運んだ海
憶良の　遥《はる》かな　昔
伝説が　伝える　鎮懐石《ちんかいいし》の置かれた小丘
憶良の老いの眼が　海の向こうを見ている

摘《つ》むとや妹が

深江村の旅で　憶良は　思わぬ収穫を得た
親しくなった　古老
子負原《こふはら》小丘
ここ訪れる諸国の人々
それから聞きし　伝えの民謡《たみうた》
これら何《いず》れも　民恋歌《たみこいうた》

憶良は　思《おも》うていた
（古くからの　伝え民謡《たみうた》
その地その地で　詠《うた》われするが
変わらぬは　人の情け
様相《みため》変われど　思いは同じなのじゃ）

《粉潟海《こがた》　潜《もぐ》りの鳥が
真珠玉《しんじゅだま》
採《と》って来たなら　わしのに仕様《しょう》か》

紫の《（沖深い）》　粉潟の海に　潜《かず》く鳥
玉潜き出《で》ば　我が玉にせん
——作者未詳——（巻十六・三八七〇）

《角島《つのじま》の　瀬戸の若布《わかめ》《（若女）》は　皆《みんな》には
つんけんやけど　わしには懐《なつ》く》

角島の　瀬戸の若布は
人の《（人皆に）》共《むた》　荒かりしかど
我れとは和海藻《にきめ》
——作者未詳——（巻十六・三八七一）

《門口《かどぐち》の　榎成《な》った実　喰《く》う鳥は
多数《よけ》来るけども　あんたは来《こ》んわ》

我が門《かど》の　榎《え》の実もり食《は》む（もいでついばむ）　百千鳥《ももちどり》
千鳥は来《く》れど　君ぞ来まさぬ
——作者未詳——（巻十六・三八七二）

《門口《かどぐち》で　鳥騒《さわ》がしい　さああんた
起きて帰りや　知られて仕舞《ま》うで》

我が門《かど》に　千鳥騒《しば》鳴く
起きよ起きよ　我が一夜夫《づま》　人に知らゆな
——作者未詳——（巻十六・三八七三）

《射鹿《しか》追《お》うて　行《い》った川辺《かわべ》の　若草が
思い出《だ》させた　昔に共寝《ね》た子》

射《い》ゆ鹿《しし》を　追《つな》ぐ川辺の　和草《にこぐさ》の
身の若か時《え》に　さ寝し子らはも
——作者未詳——（巻十六・三八七四）

《押垂《おしたれ》の
野ぉで湧く水　迸《ほとばし》り
冷《つめ》とてひやり　するけども
見られてひやり　せん様な
人来《こ》ん道で　逢われんもんか》

こと酒を
押垂《おしたれ》小野ゆ　出《い》ずる水
緩《ぬる》くは出《い》でず　寒水《さむみず》の
心も急冷《けや》に　思おゆる
足音《おと》の少なき　道に逢《あ》わんかも
（こと酒＝上等な酒＝圧力を掛け搾《しぼ》り
垂らして作る→押垂〈地名？〉）

《人居《お》らん
道で逢えたら　あんた持つ
彩《いろど》り綺麗《きれえ》　菅笠《すげがさ》と
うちの七連《しちれん》　玉飾《かざ》り
取替え仕様《しょう》と　思うんで
人来《こ》ん道で　逢われんもんか》

少なきよ　道に逢わさば
色げせる　菅笠《すがかさ》小笠《おがさ》
我が頸《うなげ》る（首懸《か》けた）　玉の七つ緒《お》
取り替えも　申さんものを
（足音《おと》の）少なき　道に逢わんかも
——作者未詳——　（巻十六・三八七五）

《企《き》救《く》池に　浮かぶ菱《ひし》の実　摘《つ》も思て
あの児の袖が　濡れたんやろか》

（わしのこと
焦がれて泣いて　濡れたんやろか）

豊国《とよくに》の　企救の池なる　菱の末《うれ》を
摘《つ》むとや妹が　み袖濡れけん
——作者未詳——（巻十六・三八七六）

《紅《くれない》に　染めたこの衣《ふく》　雨合《お》うて
色映《いろば》えしても　色褪《いろあ》せ為《せ》んで》

（好き合うて　契った仲や
邪魔入り　離されるやて　ことあらへんわ）

紅《くれない》に　染めてし衣《ころも》
雨降りて
映《にお》いはすとも（照り映えしても）　移《うつ》ろわめやも
——作者未詳——（巻十六・三八七七）

都の風俗《てぶり》（旅人編再出）

湿っぽい宴《うたげ》が　続いている
天平二年（730）十一月
大伴旅人《おおとものたびと》　大納言に昇進
人臣《じんしん》の極みに上《のぼ》りつめた　旅人
京《みやこ》へ戻るにつけての　餞《はなむけ》の宴《うたげ》
目出たい　祝賀《いわい》の宴で　あるべきに
酒の味は　苦《にが》い
宴席に　集う人々の　絆《きずな》は
官人としての　それではない
友人　知己《ちき》　同胞《はらから》　の　絆《きずな》
それだけに　別れの辛《つら》さが　先に立つ

《せめてワシ　鳥やったらな
帥殿《あんた》はん　都送って　帰って来るに》

天飛《あま》ぶや　鳥にもがもや
都まで
送り申して　飛び帰るもの
――山上憶良《やまのうえのおくら》――（巻五・八七六）

《こっち皆《みな》　しょんぼりやのに
竜田山　近《ちこ》うに見たら　忘れん違《ちゃ》うか》

人皆《もね》の　落胆《うらぶ》れ居《お》るに
竜田《たった》山　御馬《みま》近付《づ》かば
忘らしなんか
――山上憶良《やまのうえのおくら》――（巻五・八七七）

《寂《さみ》しさは　帥殿《あんた》居《お》るうち　まだ良《ま》しや
ほんま寂《さみ》しん　去《い》て仕舞《も》た後《あと》や》

言いつつも（軽言うが）　後《のち》こそ知らめ（後で分かるで）
とのしくも（身に沁みて）
寂しけめやも　君坐《いま》さずして
――山上憶良《やまのうえのおくら》――　（巻五・八七八）

《ずううっと　長《な》ごうに生きて　国のため
活躍《はたらき》してや　朝廷《みかど》に居《お》って》

万代《よろずよ》に　坐《いま》し給いて
天《あめ》の下（ご政務に）　申し給わね（精進なされ）
朝廷《みかど》去らずて
――山上憶良《やまのうえのおくら》――　（巻五・八七九）

宴果てて　戻った　憶良《おくら》
まんじりともせずの　夜明け
旅人を思い　自分を思う

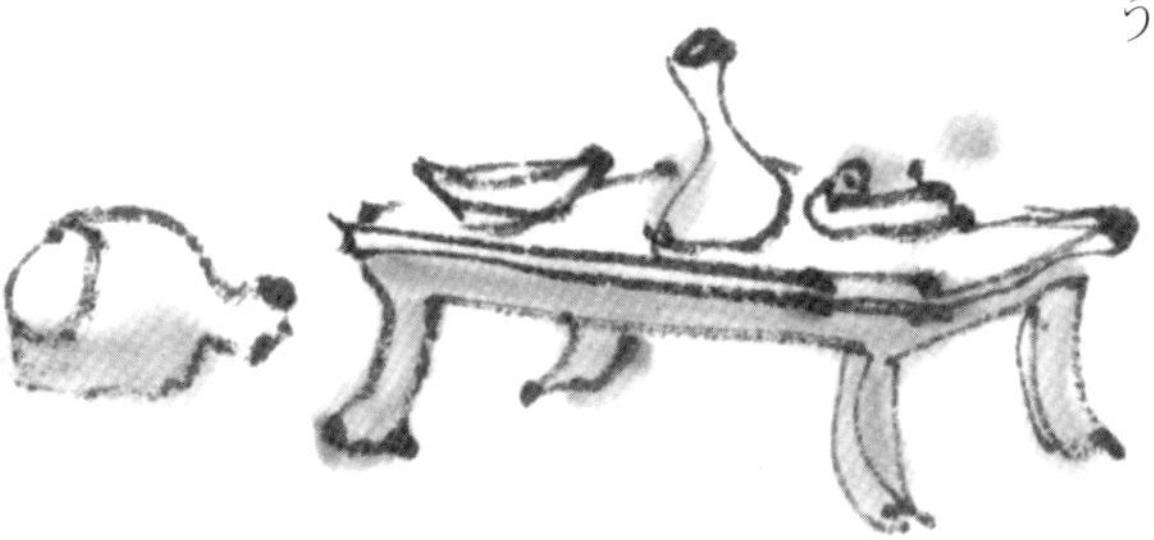

《京《きょう》離《はな》れ　ここの田舎に　五年居《お》り
都《みやこ》風情《ふぜえ》を　忘れて仕舞《も》たで》

天離《あまざか》る　鄙《ひな》に五年《いつとせ》　住いつつ
都の風俗《てぶり》　忘らえにけり
——山上憶良《やまのうえのおくら》——（巻五・八八〇）

《いつまでも　溜息《ためいき》ついて　暮らすんか
今年も来年《つぎ》も　その翌年《つぎとし》も》

斯《か》くのみや　溜息《いきづき》居らん
新玉《あらたま》の（めぐり来る）　来《き》経《へ》往《ゆ》く年の
限り知らずて
——山上憶良《やまのうえのおくら》——（巻五・八八一）

《頼みます　帥殿《あんた》の引きで　春来たら
奈良の都に　呼び戻してや》

我が主《ぬし》の　御霊《みたま》賜《たま》いて（推挙たまわり）
春来《さ》らば
奈良の都に　召《め》上《さ》げ給わね
——山上憶良《やまのうえのおくら》——（巻五・八八二）

憶良私懐《わたしのおもい》の歌を　前にして　旅人は　思う
（本心　わしと共にと　思うてくれているのだ
残される者の心　分からぬ　わしでない）
旅人は　妻を亡くした時の
憶良の　友情《なさけ》を　思い起こしていた

大宰府正庁址

都《みやこ》を見んと

肥後国《ひごのくに》　益城郡《ましきのこおり》の国司の使い
筑前国府へ突然の訪《おとな》い
相撲使《すもうづか》いとして　都上《のぼ》りの途上
若い従者　大伴君熊凝《おおとものきみくまこり》急死
親元への　急ぎ使いに　馬をとの要請
一部始終を聞き　熊凝《くまこり》の心を　思い遣《や》る　憶良

《花の都へ　行くんやと
恋しお母《か》んと　別れ来て
知らへん国の　奥深う
山を多数《なんぼ》も　越えて来て
その内都《みやこ》　見られると
言《ゆ》うて皆《みんな》と　来たけども》

うち日射す　都《みや》へ上《のぼ》ると
(あこがれの)
垂乳《たらち》しや　母が手離れ
常知らぬ　国の奥処《おくか》を
(慈悲深い)
百重山《ももえやま》　越えて過ぎ行き
何時《いつ》しかも　都《みやこ》を見んと
思いつつ　語らい居れど

《折り悪る病気　なって仕舞《も》て
道端傍《そば》で　草や柴
敷いて作った　仮の床《とこ》
倒れ伏し寝て　あぁあ言《ゆ》て
横なったまま　思うんは》

己《おの》が身し　労《いた》わしければ（苦し辛うて）
玉桙《たまほこ》の（そこいらの）　道の隈廻《くまみ》に
草手折《たお》り　柴取り敷きて
床《とこ》じもの　うち臥《こ》い伏して
思いつつ　嘆き伏《ふ》せらく

《故郷《くに》に居《お》ったら　お父《と》っつぁん
家居《お》ったなら　おっ母《か》さん
枕そば来て　看取《みと》るのに
儘《まま》にならんと　道の傍《はた》
ここで死ぬんか　犬みたい》

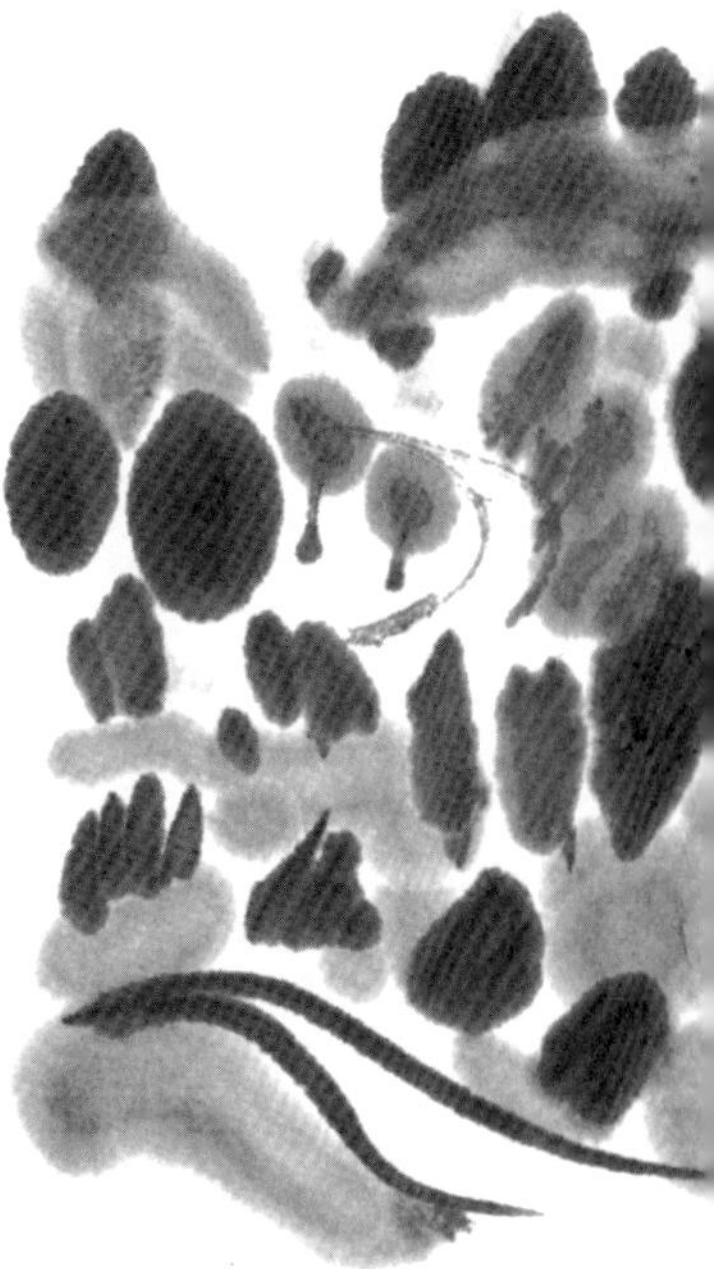

国に在《あ》らば　父取り見まし
家に在《あ》らば　母取り見まし
世間《よのなか》は　斯《か》くのみならし（こんなんやろか）
犬じもの　道に臥《ふ》してや
命過ぎなん
――山上憶良《やまのうえのおくら》――　（巻五・八八六）

《母《かあ》ちゃんに　会わんと逝《い》くか　心細《こころぼそ》
わし何処《どこ》向こて　行ったら良《え》んや》

垂乳《たらち》しの（あの優し）　母が目見ずて
朧《おぼお》しく
何方《いずち》向きてか　我が別るらん
——山上憶良《やまのうえのおくら》——（巻五・八八七）

《行ったこと　無《な》い道続く　あの世旅
食糧《めし》も持たんと　どないに行くか》

常知らぬ　道の長手を
暗《く》れ暗《く》れと（しょぼくれて）　如何《いか》にか行かん
糧《かりて》は無しに
——山上憶良《やまのうえのおくら》——（巻五・八八八）

《家居《お》って　お母《か》ん看取《みと》って　くれるなら
例え死んでも　わし悔《くや》まんに》

家に在《あ》りて　母が取り見ば
慰むる　心は在《あ》らまし
死なば死ぬとも
——山上憶良《やまのうえのおくら》——（巻五・八八九）

《出てからも　今か今かと　指折って
待ってるやろな　お父《とう》とお母《かあ》》

出でて行きし　日を数えつつ
今日今日と
我を待たすらん　父母らはも
——山上憶良《やまのうえのおくら》——（巻五・八九〇）

《この世では　もう会われへん　父《とと》と母《かか》
残して逝《い》くか　あの世へひとり》

一世《ひとよ》には　再び見えぬ　父母を
置きてや長く　我が別れなん
――山上憶良《やまのうえのおくら》――（巻五・八九一）

子煩悩《こぼんのう》憶良に
他人《ひと》の身とも思えぬ　痛みが走る

【大伴君熊凝《おおとものきみくまこり》の歌二首】

《故郷遠《くにとお》に　来た道中《みちなか》で　心細《さみしい》に
今日死ぬのんか　親声《こえ》聞かんまま》

国遠き　道の長手を
朧《おぼお》しく
今日や過ぎなん　言問《ことど》いもなく
――麻田陽春《あさだのやす》――（巻五・八八四）

《朝露《つゆ》みたい　消えて仕舞《ま》うんか　旅空《たびぞら》で
死ぬに死ねんが　親逢《あ》いとうて》

朝露の　消《け》やすき我が身
他国《ひとくに》に　過ぎ難《かて》ぬかも
親の目を欲《ほ》り
――麻田陽春《あさだのやす》――（巻五・八八五）

渡るすべ無し

憶良は　夜空を眺めていた
鵲《かささぎ》が　天《あま》の川に　羽根を広げている
（織姫《おりひめ》と彦星《ひこぼし》　今宵の逢瀬《おうせ》
月も良し　星も良しか）
これまでの　七夕歌が　並べられている
（何時《いつ》とは無《な》しに　多くを詠《よ》んだものだ
ひとつ　物語り仕立てに　入れ替えてみるか）

（先ずは　二人の　切無《せつな》い思いを）
《彦星はんと　織姫《おりひめ》は
　太古昔に　仲裂かれ
川の両岸　離されて
　思う心も　苦しいて
　　嘆く心も　晴らせんで
逢いたい思い　波阻《はば》み
　白い雲見て　泣くばかり》

牽牛《ひこぼし》は　織女《たなばたつめ》と
　天地《あめつち》の　別れし時ゆ
いなむしろ　川に向き立ち
（離されて）思う心《そら》　安からなくに
　嘆く心《そら》　安からなくに
青波に　望みは絶えぬ
　白雲に　涙は尽きぬ
（いなむしろ（稲莚）＝重ねる→「か」→川）

《このまま嘆き　居《お》られ様《よ》か
こんな風《ふ》恋焦《こが》れ　為《し》とられん》

斯《か》くのみや(こんな風に)　嘆息《いきづき》居らん(嘆いて居れん)
斯《か》くのみや　恋いつつ在《あ》らん

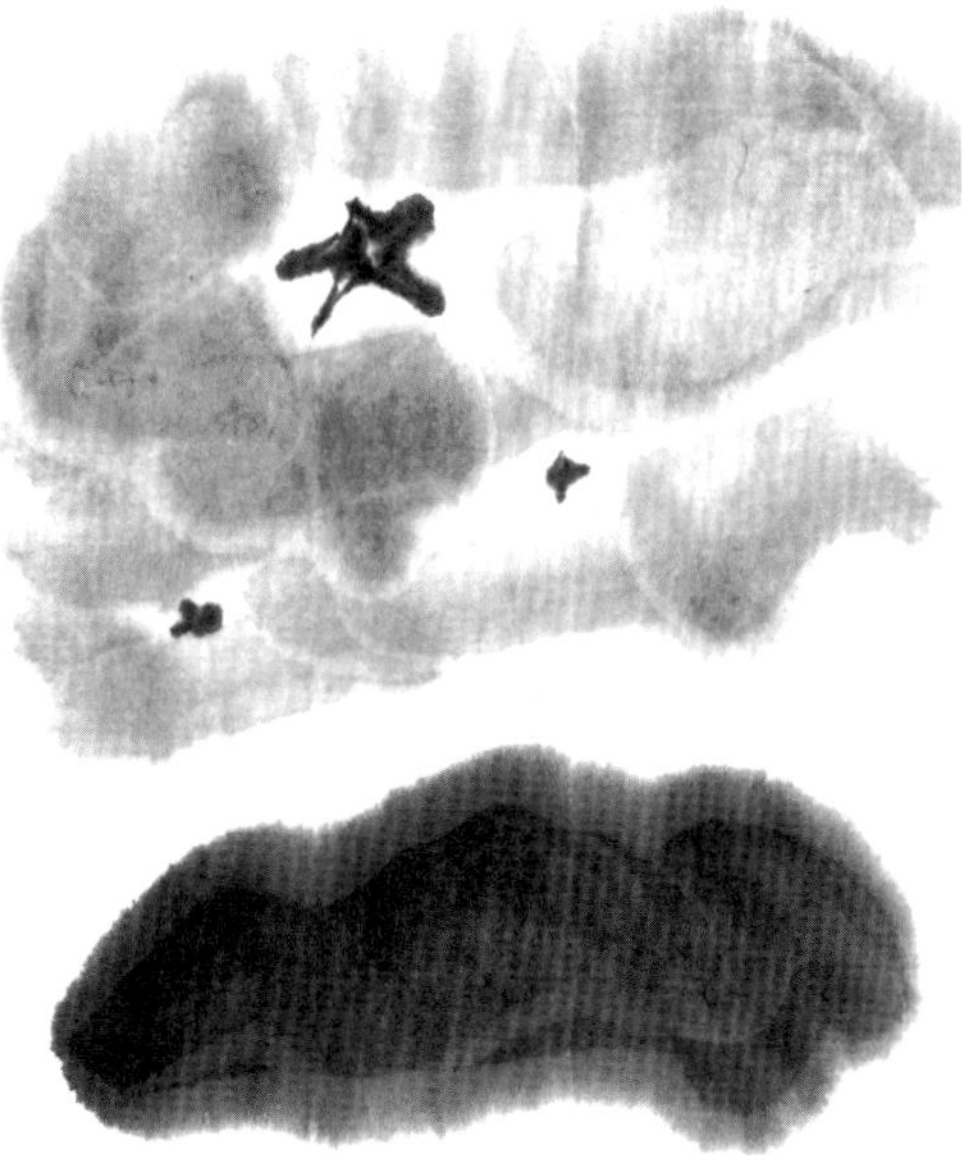

《丹《あか》い小舟が　無いもんか
舟漕ぐ櫂《かい》も　欲《ほ》しもんや
朝の凪《な》ぐとき　櫂漕いで
夕潮乗って　天川《かわ》渡り
天の川原《かわら》に　領布《ひれ》敷いて
腕を絡《から》めて　寝てみたい
七夕《あき》だけ違《ち》ごて　何日《なんにち》も》

さ丹塗《にぬ》りの　小舟《おぶね》もがも
玉纒《たままき》の　真櫂《まかい》もがも
朝凪《なぎ》に　い掻《か》き渡り
夕潮に　い漕ぎ渡り
久方の(隔てとる)　天《あま》の川原に
天飛《あま》ぶや(肩に巻く)　領巾《ひれ》片敷き
真玉手《またまで》の　玉手さし交《か》え
数多《あまた》夜も　寝《い》ねてしかも
秋にあらずとも
――山上憶良《やまのうえのおくら》――　(巻八・一五二〇)

《風や雲　岸から岸へ　渡るのに
愛《いと》しお前の　声届かんわ》

風雲は　二つの岸に　通えども
わが遠妻《とおづま》の　言《こと》ぞ通わぬ
——山上憶良《やまのうえのおくら》——（巻八・一五二一）

《石投げて　届き相《そ》やのに　天の川
水邪魔《じゃま》してて　どう仕様《しょ》もないわ》

礫《たぶて》にも　投げ越しつべき　天《あま》の川
隔てればかも　皆目術《あまたすべ》無き
——山上憶良《やまのうえのおくら》——（巻八・一五二二）

《天《あま》の川　波も立たんと　近いのに
訪《たず》ねも出来《でけ》ん　口惜《くや》しいことに》

天の川　いと（そんなに波は）川波は　立たねども
訪《さも》らい難《かた》し　近きこの瀬を
——山上憶良《やまのうえのおくら》——（巻八・一五二四）

《袖振るん　見えてるやんか　それそこに
なんで渡れん　七夕違《あきちゃ》うからか》

袖振らば　見も交《かわ》しつべく　近けども
渡るすべ無し　秋にしあらねば
——山上憶良《やまのうえのおくら》——（巻八・一五二五）

（毎夜　毎夜　相見ながら　ままならぬ逢瀬《おうせ》
どんなに　悔しく　切無《せつな》く
恋焦がれることであろう
それだけに　逢える日の嬉しさ　待ち遠しさ
如何《いか》ばかり・・・）

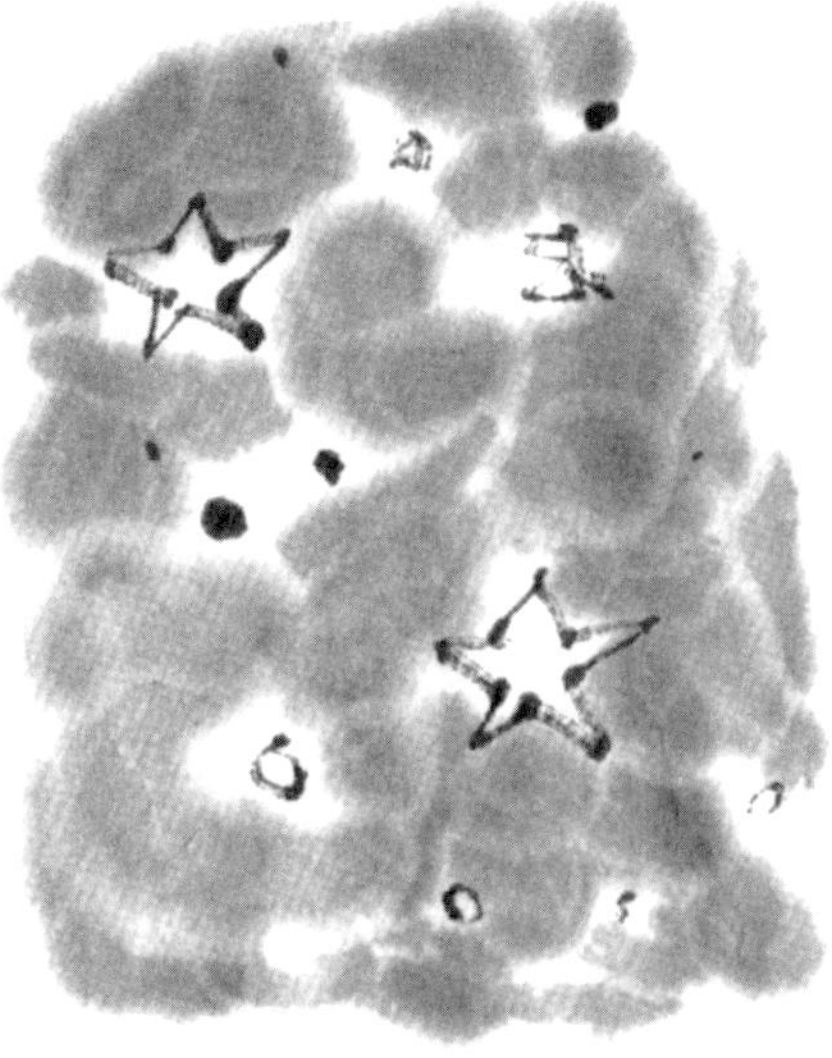

我《わが》許《り》来《き》まさん

七月七日
今日　その日
年に　一度の
七夕《あき》の宵《よい》
（おお　天《あま》の川の中ほど　星のゆらめき）

《彦星の　迎えの舟が　出たんやな
天《あま》の川原《かわら》に　霧出てるがな》

牽牛《ひこぼし》の　妻迎え舟　漕ぎ出《ず》らし
天《あま》の川原に　霧の立てるは
——山上憶良《やまのうえのおくら》——（巻八・一五二七）

（織姫《おりひめ》さん
さぞかし　胸躍《ときめ》いて　おられるじゃろう）
《天《あま》の川　波ざわざわと　騒いでる
うち待つあんた　舟出《だ》したんや》

天の川　浮津《ふつ》の波音　騒ぐなり
我が待つ君し　舟出《ふなで》すらしも
——山上憶良《やまのうえのおくら》——（巻八・一五二九）

《天《あま》の川　舟浮かばして　今夜来《きょうく》んや
うち待つ岸に　あんたが来《く》んや》

久方の　天《あま》の川瀬に　舟浮《う》けて
（さあ来るで）
今夜《こよい》か君が　我許来《わがりき》まさん
——山上憶良《やまのうえのおくら》——（巻八・一五一九）

《霞んでる　川原《かわら》まで出て　あんた待ち
行ったり来たり　裾まで濡らし》

霞立つ　天の川原に
君待つと
い行き帰るに　裳《も》の裾濡れぬ
――山上憶良《やまのうえのおくら》――（巻八・一五二八）

《天《あま》の川　隔て離され　焦がれ待つ
あんた来る来る　早よ支度《したく》せな》

天の川　相向き立ちて
我が恋いし
君来ますなり　紐解き準備《ま》けな
――山上憶良《やまのうえのおくら》――（巻八・一五一八）

《立秋《あき》の風　吹いた時から　待っとった
うちのあの人　来たんや来たで》

秋風の　吹きにし日より
何時しかと
我が待ち恋いし　君ぞ来ませる
――山上憶良《やまのうえのおくら》――（巻八・一五二三）

（ああ　雲が
二人の逢瀬《おうせ》　雲が隠す
雲のやつ　気遣《きづ》かいか・・・
今宵《こよい》　過ぎれば　一年後《あと》か
切無《せつな》い　別れが　待っている
その時の　思い・・・）

《喜びの　逢瀬束《おうせつか》の間《ま》　夜明《よあ》けたら
また焦がれ日《び》や　次逢うまでは》

玉かぎる（切ないな）　仄《ほの》かに見えて（ちょっと間逢うて）　別れなば
もとなや恋いん（やたら恋しで）　達う時までは
――山上憶良《やまのうえのおくら》――（巻八・一五二六）

雲の晴れ間
輝き増す　牽牛星《けんぎゅうぼし》　と　織姫星《おりひめぼし》

春日《はるひ》暮らさん

手文庫の中
七夕歌を　整理した　憶良
昔懐《なつ》かしさに　思わず　こぼれる笑《え》み
（おお　これは　紀伊国《きのくに》　行幸《みゆき》の供の時
持統帝の時代であった
わしも　若かった　三十一の年か
磐代《いわしろ》
道行く人　皆　思わずにはいない　有間皇子《ありまのみこ》
手向《たむ》けの歌）
《松の木に　幣布《きれ》を結んで　祈るんは
何時から続く　習慣《ならわし》なんや》

白波の　浜松の木の　手向草《たむけ》
幾代までにか　年は経《へ》ぬらん
――山上憶良《やまのうえのおくら》――　（巻九・一七一六）

《空飛んで　皇子《みこ》の魂《たましい》　通《かよ》てるで
人間《ひと》見えんでも　松知っとるわ》

天翔《あまがけ》り　あり通いつつ
見らめども
人こそ知らね　松は知るらん
――山上憶良《やまのうえのおくら》――　（巻二・一四五）

憶良　次の歌へと　目をやる
《秋の野に　咲いてる花を　指折って
数えてみたら　ほらそれ七つ》

秋の野に　咲きたる花を
指折《およ》び　かき数うれば　七種《ななくさ》の花
――山上憶良《やまのうえのおくら》――　（巻八・一五三七）

《萩の花　薄葛花《すすきくずばな》　撫子《なでしこ》の花
女郎花《おみなえし》　藤袴花《ふじばかまはな》　桔梗《ききょう》の花や》

萩の花　尾花　葛花　なでしこの花
女郎花　また藤袴　朝顔の花
——山上憶良《やまのうえのおくら》——（巻八・一五三八）

（これは　戯《ざ》れ歌《うた》じゃ
しかし　皆は　良き歌という
人生《よ》の苦労も知らず　純粋《ひたすら》に若かった
今に思うと　心に秘めた人を　擬《なぞら》えしか）
（これは　これは　また　懐《なつ》かしい）
《春来たら　最初《さき》咲く梅花《はな》を　独りして
見て春日《いちにち》を　暮らすんかいな》
春来《さ》れば　まず咲くやどの　梅の花
独り見つつや　春日《はるひ》暮らさん
——山上憶良《やまのうえのおくら》——（巻五・八一八）

（ああ　旅人《たびと》殿を　思い出す
天平二年（730）正月の　梅花宴《うめはなうたげ》
大宰府《だざいふ》の官人　三十二名集《つど》いし宴
この歌に　旅人殿　目を潤《うる》ませておられた
奥方《おくがた》を　伴って来られた筑紫
その地で亡くされ　酒に宴《うたげ》に　耽《ふけ》られていた
都戻りの旅　独り戻りを　嘆かれたと聞く
その　旅人《たびと》殿も　昨年　この世を去られた
人は　虚《むな》しゅうなるが
こうして
歌だけは残る）

憶良に
人生・社会を
見つめる歌が
増えて行く

「七種の花」歌碑・周南市周南緑地西緑地公園

鼻びしびしに

貧者《ひんじゃ》に代わりて　世相《せそう》を申し上げる
（山上憶良《やまのうえのおくら》）

《雨風吹いて　雪まで混《ま》じり
我慢もできん　寒さの夜は》

風混《ま》じり　雨降る夜の
雨混じり　雪降る夜は
術《すべ》もなく　寒くしあれば

《塩をつまんで　薄酒《うす》すすり
咳《せき》し鼻たれ　無い鬚撫《ひげな》でて》

堅塩《かたしお》を　取りつずしろい（ちょとずつ食べて）
糟湯酒《かすゆざけ》　うち啜《すす》ろいて
咳《しわぶ》かい　鼻びしびしに
然《しか》と有らぬ　鬚《ひげ》かき撫でて

《ワシは偉いと　言《ゆ》うてはみても》

我れを措《お》きて
人は在らじと　誇ろえど

《寒いよってに　安布団《ふとん》を被《かぶ》り
有るもん全部　重ねて着ても
それでも寒《さむ》て　堪《たま》らん夜《よる》を》

寒くしあれば
麻衾《あさぶすま》　引き被《かが》り
布肩衣《ぬのかたぎぬ》　有りの悉《ことごと》と
重着《きそ》えども　寒き夜すらを

《もっと貧乏《びんぼ》な　お前の家は
父母《おや》は飢えてて　妻や子泣いて
毎日どない　過ごしてるんや》

我れよりも　貧しき人の
父母は　飢《う》え寒からん
妻子《めこ》どもは　乞《こ》う乞《こ》う泣くらん
この時は　如何《いか》にしつつか
汝《な》が世は渡る

《(よくぞ尋ねて　くれたぞわしに)
世間広《せけんひろ》ても　わしには狭い
明るい日月《ひつき》　わしには照らん》

天地《あめつち》は　広しと云えど
我が為《ため》は　狭《さ》くやなりぬる
日月《にちげつ》は　明《あか》しといえど
我が為《ため》は　照りや給わん

《皆《みんな》そやろか　ワシだけやろか
ワシも人間《ひと》やで　人並みやのに》

人皆か　我《わ》のみや然《しか》る
偶然《わくらば》に　人とはあるを
人並に　我れも成れるを

《綿の入らん　肩掛け衣《ふく》の
海の藻《も》みたい　びらびら垂れる
襤褸《ぼろ》切れだけを　肩から掛けて》

綿も無き　布肩衣《ぬのかたぎぬ》の
海松《みる》の如《ごと》　破《わわ》け下がれる
襤褸《かかう》(ぼろ)のみ　肩にうち懸け

《傾く家の　土間《どま》藁《わら》敷いて
父母《おや》は枕に　妻子《つまこ》は足に
固まり合《お》うて　憂《うれ》いて嘆く》

伏廬《ふせいお》の　曲廬《まげいお》の内に
直土《ひたつち》に　藁《わら》解き敷きて
父母は　枕の方《かた》に
妻子《めこ》どもは　足の方《かた》に
囲《かく》み居て　憂《うれ》い吟《さまよ》い

《蒸籠《せいろ》蜘蛛《くも》の巣《す》　火のない釜戸《かまど》
飯炊《めした》き忘れ　呻《うめ》いてばかり》

釜戸には　火気《ほけ》吹き立てず
甑《こしき》には　蜘蛛《くも》の巣懸《か》きて
飯炊《いいかし》く　事も忘れて
鵺鳥《におどり》(力なく)の　呻吟《のどよい》居るに(うめいておるに)

《更にその上　追い打ち掛けて
鞭《むち》持つ役人《やっ》が　手加減なしに
寝てる処《とこ》来て　がなって叫ぶ
世の中これで　良《え》えんか　ほんま》

いとのきて　短き物を
（極端に）
端《はし》切ると　云えるが如く
鞭《しもと》取る　里長《さとおさ》が声は
寝屋処《ねやど》まで
来立ち呼ばいぬ
斯《か》くばかり　術《すべ》無きものか
世間《よのなか》の道
——山上憶良《やまのうえのおくら》——　（巻五・八九二）
（いとのきて短き物を　端《はし》切ると云えるが如く
＝これ以上短か出来んに　まだ切る様に＝その上更に）

《世の中は　辛《つろ》て疎《うと》まし　思うけど
逃げ出《だ》し出来《でけ》ん　鳥違《ちゃ》うよって》

世間《よのなか》を　憂《う》しと恥《やさ》しと　思えども
飛び立ちかねつ　鳥にしあらねば
——山上憶良《やまのうえのおくら》——（巻五・八九三）

わが子古日《ふるひ》は

年齢《とし》老いて生《な》したわが子古日《ふるひ》の死　悲嘆の憶良

《みんな欲しがる　色んな宝
そんなんわしは　何《なん》にも不要《いらん》
家《うち》に生まれた　可愛《かわい》い古日《ふるひ》》

世の人の　貴《とうと》び願う
七種《ななくさ》の　宝も我れは
何為《せ》んに
我が中《なか》の
生れ出でたる
白玉の　我が子古日は

《朝に起きたら　枕辺《べき》来よる
どこに居《お》っても　戯《じゃ》れ付き来《き》よる》

明星《あかぼし》の　明《あ》くる朝《あした》は
敷栲《しきたえ》の　床《とこ》の辺去らず
立てれども　居れども　共に戯《たわむ》れ

《日暮れが来たら　早よ早よ寝よや
お父《とう》もお母《かあ》も　傍《そば》離れんと
一緒寝るんや　真ん中ぼくと
可愛《かい》らし気《げ》ぇに　言《ゆ》んやでこの児》

夕星《ゆうずつ》の　夕《ゆうべ》になれば
いざ寝よと　手を携《たずさ》わり
父母も　傍《うえ》はな放《さが》り
三枝《さきくさ》の　中にを寝んと
愛《うつく》しく　其児《し》が語らえば

《早《は》よ大《お》きなれよ　善し悪し別に
楽しみ胸に　暮らしてたのに
思いも懸《か》けん　禍《わざわい》降《ふ》って
悪い病気に　罹《かか》って仕舞《しも》た》

何時《いつ》しかも　人と成り出《い》でて
悪《あ》しけくも　良けくも見んと
大船の《（期待して）》　思い頼むに
思わぬに　横風《よこしまかぜ》の
俄《にふぶ》かに　覆《おお》い来ぬれば

《どしたら良《え》えか　分からんよって
白い襷《たすき》に　鏡を持って
天の神さん　頼むと祈り
国《くに》の神さん　伏しては拝《おが》み
例えどうあれ　せめても命
救うて欲しい　任せますにと
気狂《おかし》なるほど　祈ってみたが》

為《せ》ん術《すべ》の　方法《たどき》を知らに
白栲《しろたえ》の　襷《たすき》を掛け
真澄鏡《まそかがみ》　手に取り持ちて
天《あま》つ神　仰ぎ乞い祈《の》み
国つ神　伏して額《ぬか》づき
斯《か》く在《あ》らずも　斯《か》く在《あ》るも
神の任《ま》に任《ま》にと
立ち乱《あざ》り　我れ乞《こ》い祈《の》めど

《一寸《ちょっと》も良《よ》うは　なること無しに
生気《せいき》無《の》うなり　息絶《た》え絶《だ》えで
幼い命　死なして仕舞《しも》た》

暫時《しましく》も　快《よ》けくは無しに
段々《やくやく》に　生気崩《くず》ほり
朝な朝な　言うこと止《や》み
（挙げ句果て）
たまきはる　命絶えぬれ

《飛び上《あが》っては　地団太踏《じだんだ》んで
ぶっ倒れては　胸掻《か》きむしり
可愛いあの児を　逝《い》かして仕舞《しも》た
あって良《え》んかい　こんなこと》

立ち躍《おど》り　足摩《す》り叫び
伏し仰ぎ　胸うち嘆き
手に持てる　我が児飛ばしつ
世間《よのなか》の道
――山上憶良《やまのうえのおくら》――
（巻五・九〇四）

《幼少《ちっちょ》うて　道知らんのや　黄泉使《おつか》いよ
背負《せお》てったって　礼するよって》

稚《わか》ければ　道行き知らじ
賄《まい》は為《せ》ん　黄泉《したえ》の使い（あの世の使い）
背負《お》いて通らせ
——山上憶良《やまのうえのおくら》——（巻五・九〇五）

《布施《ふせ》添えて　拝《おが》みますんで　天国に
間違い無《の》うに　連れてったって》

布施置きて　我れは乞《こ》い祈《の》む
欺《あざむ》かず　直《ただ》に引率《いゆ》きて
天路《あまじ》知らしめ
——山上憶良《やまのうえのおくら》——（巻五・九〇六）

言霊《ことだま》の幸《さき》わう国と

天平五年（733）三月
憶良は　丹比真人広成《たじひまひとひろなり》の　訪問を受けた
この度《たび》の　遣唐使派遣の　大使である
「憶良殿　貴殿の唐《もろこし》でのご活躍
聞き及んでおります
是非とも　ご経験教示《きょうじ》のほど」
（そういえば　大宝二年（702）の折には
人麻呂殿が
送りの歌　詠《うと》うてくれたのであった）
憶良に　かつての　勳《いさおし》が　蘇《よみがえ》る
大使迎えの二日後　憶良は　無事の往《い》き来《き》を
「好去好来歌《こうきょこうらいか》」に託し　広成《ひろなり》に　奏上した

《大和の国は　神代から
　威光《ひかり》溢《あふ》れる　神の国
　言霊《ことだま》叶《かな》う　幸《さち》の国
語り継がれて　今の世の
　遍《あまね》く人の　知るところ》

神代より　言い伝《つ》て来《き》らく
そらみつ(続き来た)　倭《やまと》の国は
　皇神《すめがみ》の　厳《いつく》しき国
　言霊《ことだま》の　幸《さき》わう国と
語り継ぎ　言い継がいけり
　今の世の　人も悉《ことごと》と
目の前に　見たり知りたり

《数多《あまた》の人の　居《お》る中で
天皇《すめらみこと》の　思し召し
めでたき者と　選ばれて》

人多《さわ》に　満ちてはあれども
高光る（おそれ多い）　日の天皇《おおみかど》
神《かん》ながら（心底の）　愛《めで》の盛りに（愛顧を受けて）
天《あめ》の下　申し給いし（任務をば　果たすに適す）
家の子と　選び給いて

《お言葉持って　唐《から》の国
遠き遣《つか》いに　出掛けらる》

勅旨《おおみこと》　戴《いただ》き持ちて
唐《もろこし》の　遠き境に
遣《つか》わされ　罷《まか》り坐《いま》せ

《岸沖統《きしおきす》べる　海神《うみがみ》は
船の舳《へ》先に立ち　お導き》

海原の　辺《へ》にも沖にも
神づまり　支配《うしわ》き坐《いま》す
諸《もろもろ》の　大御神《おおみかみ》たち
船舳《ふねのへ》に　導き申し

《天地神《あめつちがみ》と　大和神《やまとがみ》
空駆け渡り　お見守り》

天地《あめつち》の　大御神《おおみかみ》たち
倭《やまと》の　大国御霊《みたま》
久方の（はるかなる）　天《あま》の御空《みそら》ゆ
天翔《あまがけ》り　見渡し給い

《お役目終えて　帰る日は
神々すべて　打ち揃い
舳先《へさき》掴《つま》まえ　引き戻す
値賀島《ちかじま》通《とお》り　難波浜《なにわはま》
一筋《ひとすじ》道に　戻りませ》

任務《こと》終り　帰らん日には
また更に　大御神《おおみかみ》たち
船舳《ふねのへ》に　御手《みて》うち懸けて
墨縄《すみなわ》を　延《は》えたる如く
あちかをし(五島じま)　値嘉《ちか》の岬《さき》より
大伴の　御津《みつ》の浜辺に
直泊《ただは》てに　御船《みふね》は泊《は》てん

(墨縄＝紐を張って墨で直線を引く大工道具→一直線に)

《無事な往《い》き来《き》を　祈ります》

恙無《つつみな》く　幸《さき》く坐《いま》して　早帰りませ
――山上憶良《やまのうえのおくら》――　(巻五・八九四)

《大伴の　御津《みつ》の松原　掃き清め
わし待ってるで　早よ帰ってや》

大伴の　御津《みつ》の松原　かき掃《は》きて
我れ立ち待たん　早帰りませ
――山上憶良《やまのうえのおくら》――　(巻五・八九五)

《難波津《なにわ》に　船帰ったと　聞いたなら
喜び勇み　駆《か》けつけまっせ》

難波津《なにわつ》に　御船泊《みふねは》てんと
聞え来《こ》ば
紐解き放《さ》けて　立走りせん
――山上憶良《やまのうえのおくら》――（巻五・八九六）

（果たして　わしの人生
どれ程の功《こう》をなしたと言うのか）
憶良晩年の胸に　込み上げる　悔悟《かいご》の念

現《うち》の限りは

天平五年（733）
老身《ろうしん》憶良は　病《やまい》の床《とこ》にあった　数えて七十四

《生きてる内は　病気せず
楽に死にたい　思《おも》うても
世の中辛《つろ》て　苦しいわ》

たまきはる（せめてもに）　現《うち》の限りは
平《たい》けく　安くも在《あ》らんを
事も無く　喪も無く在《あ》らんを
世間《よのなか》の　憂《う》けく辛《つら》けく

《塩を生傷《なまきず》　塗るみたい
追い荷重荷《おもに》に　積むみたい
老い身に病気《やまい》　重なって》

格別《いとのき》て　痛き傷には
辛塩《からしお》　注《そそ》ぐ云《ゆ》うが如く
増々も　重き馬荷に
上荷《うわに》打つと　云《ゆ》うことの如《ごと》
老いにてある　我が身の上に
病をと　加えてあれば

《昼は嘆いて　日暮れまで
夜は溜息　夜《よる》明かし
年月長《なご》う　患《わずろ》うて
呻《うめ》く憂《うれ》いの　毎日に》

昼はも　嘆かい暮し
夜はも　嘆息《いきづき》明かし
年長く　病みし渡れば
月重《かさ》ね　憂《うれ》え呻吟《さまよ》い

《いっそ死のかと　思《おも》たけど
餓鬼《がき》ども放《ほ》って　死なれへん
子供見てると　胸痛む》

ことことは《（同じなら）》　死なと思えど
五月蝿《さばえ》なす　騒《さわ》ぐ児どもを
打棄《うっ》てては　死には知らず
見つつあれば　心は焦燥《もえ》ぬ

《あれこれ思い　煩《わずろ》うて
考えあぐね　泣くばかり》

斯《か》に斯《か》くに　思い煩《わずら》い
哭《ね》のみし泣かゆ
——山上憶良《やまのうえのおくら》——　（巻五・八九七）

《安らかな　気持ちなれんで　ピイピイと
鳥鳴くみたい　泣き続けとる》

慰むる　心は無《な》しに
雲隠《くもがく》り
鳴き行く鳥の　哭《ね》のみし泣かゆ
——山上憶良《やまのうえのおくら》——　（巻五・八九八）

《苦しいて　あの世去《い》こかと　思《おも》うても
　子供邪魔して　死ぬこと出来《でけ》ん》

術《すべ》も無く　苦しくあれば
出《い》で走り
去《い》ななと思えど　児らに障《さわ》りぬ
——山上憶良《やまのうえのおくら》——　（巻五・八九九）

《金持ちの　家の子供は　良《え》え衣《ふく》を
　着《き》んと放《ほ》る云《ゆ》か　絹や綿入れ》

富人《とみひと》の　家の児どもの
着る身無《な》み（着もせんと）
腐《くた》し棄《す》つらん　絹綿らはも
——山上憶良《やまのうえのおくら》——　（巻五・九〇〇）

《捨てるよな　ボロ衣《ふく》さえも　着《き》ささんと
　嘆いてみても　どもならんのや》

荒栲《あらたえ》の（安もんの）　布衣《ぬのきぬ》をだに　着せ難《かて》に
斯《か》くや嘆かん　為《せ》ん術《すべ》を無み
——山上憶良《やまのうえのおくら》——　（巻五・九〇一）

《泡みたい　すぐ消えるよな　命でも
　長ごと願《ねご》うて　暮らしてるんや》

水沫《みなわ》なす　微《もろ》き命も
栲縄《たくなわ》の（しょうなしに）
千尋《ちひろ》にもがと　願い暮しつ
——山上憶良《やまのうえのおくら》——　（巻五・九〇二）

《安物《やすもん》の　飾りみたいな　このわしも
せめても長《な》ごと　思《おも》とるのんや》

倭文手纏《しずたまき》
(取る足らん)
数にも在《あ》らぬ　身には在《あ》れど
千年《ちとせ》にもがと　思おゆるかも
——山上憶良《やまのうえのおくら》——　(巻五・九〇三)

来《こ》し方《かた》　行《ゆ》く末《すえ》　心休まらぬ　憶良がいる

士《おのこ》やも

今でも　夢に見る
あの　御津《みつ》の浜での　盛大な見送り・・・

難波《なにわ》の津を出て　那《な》の津へ
そこからが　大変であった
出航した船は　嵐に見舞われ　筑紫に戻り
再度の船出は　翌年《よくとし》
忘れもせぬ　あの恐ろしい波の音　海の色・・・

唐土《もろこし》
むきだしの山肌　巻きあげる黄砂《きいろずな》　濁り水
大和の　青い山　白い砂　清い流れを
どんなにか恋しく思うたことか

《さあみんな　早《はよ》う日本《やまと》へ　帰ろうや
御津の浜松　待ってるよって》

いざ子ども　早く日本《やまと》へ
大伴の　御津《みつ》の浜松
待ち恋いぬらん
――山上憶良《やまのうえのおくら》――　（巻一・六三）

あのとき　すでに四十二　若くはなかったが
唐土《もろこし》への遣《つか》いに列し　青雲の志《こころざし》に　燃えていた
しかるに　帰朝後に待っていたのは
十年余りの虚《むな》しい日々
その後　伯耆守《ほうきのかみ》に任じられはしたが
齢《よわい》は　五十七を数えていた
地方官の任務に耐え　戻った京《みやこ》で
一時首《いっときおびと》(君主の講義役)親王の侍講《じこう》を拝命したものの
六十七の歳　筑前守《ちくぜんのかみ》を命じられ　天離《あまざか》る鄙《ひな》へ

でも　筑紫は　楽しかった
旅人《たびと》殿を中心とした　筑紫歌壇《かだん》が　懐《なつ》かしい
旅人殿は　赴任早々　奥方を亡くされたのだった
鬱々《うつうつ》たる日々　せめてもの慰みにと
催された宴《うたげ》の数々
七夕の宴
梅花《うめはな》の宴
あのころの友　小野老《おののおゆ》　沙弥満誓《さみまんせい》・・・
皆　遠くなった

筑前守　任解かれしは昨年《きょねん》
京《みやこ》に戻れはしたが　もう　役目とてない
世を疎《うと》う　歌詠みの日々が　過ぎて行った
今　病《やまい》を患《え》　この体《てい》たらくだ
藤原八束《やつか》殿が
川辺東人《かわべのあずまひと》をして　見舞いに寄こして下された
果報者《かほうもの》よ　憶良　まだ　友が居《い》る
「見舞いの礼に　八束《やつか》殿に　この歌を
憶良めは　まだまだ　死なぬと　お口添《くちぞ》えを」

《丈夫《ますらお》と　思うわしやぞ　後《のち》の世に
名ぁ残さんと　死ねるもんかい》

士《おのこ》やも　空《むな》しくあるべき
万代《よろずよ》に
語り継ぐべき　名は立てずして
——山上憶良《やまのうえのおくら》——（巻六・九七八）

天平五年（733）
社会派歌人《うたびと》は　帰らぬ人となった　享年七十四

万葉歌みじかものがたり年表

人麻呂編・黒人編

旅人編・憶良編

人麻呂		高市黒人			
ものがたり タイトル	関連歌	年齢	歌番号	ものがたり タイトル	関連歌
*志賀津の子らが		11			
		12			
		13			
川音高しも		19			
引手の山に	(或る本) 213-6	20			
浦の浜木綿		21			
妹が名喚びて		23			
		26			
国忘れたる	415				
*仰ぎて待つに *池に潜かず		29	279-81	猪名野は見せつ	1166
*夕波千鳥		30	32-33	古の人に	
*見れども飽かぬ *依りて仕うる					
形見とぞ来し					
*越智野過ぎ行く		31			
*嗚呼見の浦に		32			
*返り見すれば		33			
*蓋にせり		34			
*不破山越えて *舎人は惑う		36			
		37			
*多武の山霧		39			
*絶ゆれば生うる		40			
		41	70	呼びぞ越ゆなる	
*言挙げす我れは		42			
漕ぎ別れなん			58	船泊てすらん	57、59-61
野の上のうわぎ					
		44	270-2、276-7、283	二見の道ゆ	
靡けこの山 つのさはう	(或る本) 138-9	46	273-5、305 1718、4016	この日暮れなば	
大和島見ゆ		47			
鴨山の	140				
		50			

*印：歴史編収録

※人麻呂年齢：近江朝ごろ20歳とした
※黒人年齢：人麻呂の10歳下とした

【万葉歌みじかものがたり年表　人麻呂編・黒人編】

西暦	年号	年	月	天皇	事　　項	柿本	
						年齢	歌番号
668年	天智	7年	1月	天智	天智即位（43）	18	
671年	天智	10年	10月		大海人吉野へ	21	*217-9*
			12月		天智崩御（46）		
672年	天武	1年	6月	天武	壬申の乱　飛鳥浄御原宮遷都	22	
673年	天武	2年	2月		天武即位	23	
679年	天武	8年	5月		吉野会盟	29	*1087-8* *1101、1813*
680年	天武	9年				30	*210-2*
681年	天武	10年	2月		草壁皇子（20）皇太子に	31	*496-9* *501-504*
683年	天武	12年	2月		大津皇子（21）に朝政	33	*207-9*
686年	朱鳥	1年	9月		天武崩御（43）持統称制	36	
			10月	持統称制	大津皇子の変（24）		*426、428、429-30*
689年	持統	3年	4月		草壁薨去（28）	39	167-70
690年	持統	4年	1月	持統	持統天皇（46）正式即位	40	*29-31、266*
			5月		吉野行幸		36-37 38-39
			9月		紀伊行幸		*146、1796-9*
691年	持統	5年	9月		川島皇子身罷り（35）	41	194-5
692年	持統	6年	3月		伊勢行幸	42	40-42
693年	持統	7年	11月		安騎野の狩り	43	45-49
694年	持統	8年				44	*239-41、261-2*
			12月		藤原京　遷都		
696年	持統	10年	7月		高市皇子　没	46	199-202
697年	文武	1年	8月		持統譲位　文武即位	47	
699年	文武	3年	1月	文武	難波行幸	49	*1682-4、1701-5* *1709、1773-5*
700年	文武	4年	4月		明日香皇女身罷り	50	196-8
701年	大宝	1年	2月		吉野行幸	51	
702年	大宝	2年	6月		遣唐使出航	52	3253-4
			10月		三河行幸		*249-52、254、* *303-4*
			12月		持統崩御（58）		*220-2*
704年	慶雲	1年	7月		遣唐使帰国、憶良帰国	54	
706年	慶雲	3年	9月		難波行幸（～10月）	56	*131-4* *135-7*
707年	慶雲	4年	6月		文武崩御	57	*253、255-6*
			7月	元明	元明即位		*223-7*
710年	和銅	3年	3月		平城京遷都		

※歌番号斜体：制作年代は不確定または想定

旅人		憶良			
歌内容	関連歌	年齢	歌番号	歌内容	関連歌
		31	34、1716	伝憶良、山上歌	
		38	*1537-8*	秋の七草歌	
		42	**遣唐使少禄**		
			145	結松追和歌	
		43	遣唐船出航		
			63	本郷思う歌	
		48			
		51			
		57	**伯耆守**		
		61			
		62	**首皇子侍講**		
		64	1518	七夕歌	
吉野離宮従駕歌		65			
			1519	七夕歌（長屋王宅）	
		66	(903)	(老身重病歌の反歌)	
		67	**筑前守**		
			3860-9	志賀漁師（荒雄）十首	
		69			
石川足人に和す	955				
小野老赴任祝宴	328-30 336-7		337	宴を罷る歌	
讃酒歌					
凶問歌に応えて	794-9		794-9	日本挽歌（旅人弔問）	
故人を偲びて					
弔い歌に和す（石上堅魚）			800-5	嘉摩三部作	
香椎廟へ	958-9				
薩摩瀬戸					
次田温泉					
雄鹿・秋萩・沫雪・梅花					
多治比守へ		70			
返書中歌（龍の馬）	1610 553-4 808-9		1520-2	七夕歌（旅人宅）	
梧桐日本琴の歌	812				

【万葉歌みじかものがたり年表　旅人編・憶良編】

西暦	年号	年	月	事　　項	年齢	歌番号
690年	持統	4年	9月	持統紀伊行幸	26	
697年	持統	11年	8月	**文武即位**	33	
701年	大宝	1年	1月		37	
			9月	文武紀伊行幸		
702年	大宝	2年	6月	遣唐船出航	38	
707年	慶雲	4年		遣唐使帰国	43	
710年	和銅	3年	3月	**平城京遷都**	46	
716年	霊亀	2年	4月		52	
720年	養老	4年	3月		56	**征隼人**
721年	養老	5年	1月		57	
723年	養老	7年	7月		59	
724年	神亀	1年	3月	**聖武即位**	60	315-6
			7月			
725年	神亀	2年			61	
726年	神亀	3年			62	
728年	神亀	5年	～春	旅人大宰府着任	64	**大宰帥**
						956
			4月	小野老赴任祝宴		331-5
						338-50
			5月	旅人妻死亡		793
			7月			438
						1473 (1472)
			11月			957
						960
						961
			12月			1541-2、1639-40
729年	神亀	6年	2月	**長屋王の変**	65	555
			7月			806-7
	天平	1年	8月	改元　光明子皇后		
			10月			810-1

旅　　人		憶　　良			
歌内容	関連歌	年齢	歌番号	歌内容	関連歌
梅花の宴 ［吉田宜へ］	815-21 823-46 864	71	818	梅花宴歌	
松浦川に遊ぶ歌	865				
病床・変若	866-7				
（脚瘡後）	566-7 962				
			1523-6	七夕歌（旅人宅）	
			868-70	帥殿へ申し上げる	
			871-5	領布振り歌	883
			813-4	鎮懐石歌	3870-7
（蘆城の宴）	568-71 1530-1				
（帥館の宴）	876-9 880-2		876-9 880-2	餞酒の倭歌 私懐をのべる歌	
筑紫娘子児島に和す	965-6 381				
また故人を偲びて					
（従者先行帰任）	3890-9				
京へ上る道（鞆・敏馬）					
帰任後・高安王へ		72	886-91	熊凝の歌	884-5
筑紫の友	576、578 572-3 351 391、393				
家に還りて	519-20				
奈良の家（亡前）、死去	454-9				
			上京		
		73	1527-9	七夕歌三首	
			892-3	貧窮問答歌	
			904-6	わが子古日は	
		74	894-6	好去好来歌	
			897-903	老身重病歌	
			978	重病に沈む時の歌	
			死去		

※歌番号斜体：制作年代は不確定または想定

西暦	年号	年	月	事　項	年齢	歌番号
730年	天平	2年	1月	梅花の宴	66	822 849-52
			3月			853-63
			6月			847-8
			7月			
			11月			**大納言**
				旅人送別の宴		
				旅人送別の宴		
						967-8
			12月			439-40
						446-50
731年	天平	3年			67	577
						555、574-5
						451-3
			7月			969-70
			末			
732年	天平	4年	7月			
			12月			
733年	天平	5年	3月	遣唐使派遣		
			6月			
			7月			
737年	天平	9年		**藤原四兄弟死去**		

万葉を訳するということ

上野　誠

中村さんは、謙遜謙辞の人だから、「私は、素人ですから、しょせん……」という。また「間違いもあるかもしれません」ともいう。ならば、玄人たる私はどうかというと、思わぬ研究上の事実誤認をして、赤っ恥をかいたことは、今までに数知れない。思い出すと、今でも汗顔となる。そんな失敗を何度もして、そんな過ちを何度も犯しながら学界に身を置いているのである。哀れむべし。

私は古典解釈というものは、自らが日常使用している言語に翻訳でき、それが頭ではなく腹に落ちて、心に響いた時にはじめて解釈できたと考える。「お母上」なのか、「お母さん」なのか「おっかあ」なのか、「かかどの」なのか。はたまた「かあちゃん」なのか。どういう訳語を選択するか、それが個性であり、才なのである。だから、ひとりひとりが、オリジナルの訳を作るべきだと考える。じつは、『万葉集』の全口語訳は、折口信夫の『口訳万葉集』（一九一六年）を嚆矢とするのだが、その折口訳は大阪弁訳であったのだ（上野誠『魂の古代学――問いつづける折口信夫――』新潮社、二〇〇八年）。すると中村訳は、九六年ぶりの大阪弁訳ということになろうか。

限りない敬意を込めつつ……

（うえの・まこと／奈良大学教授）

改訂新版あとがき

旧版が出て七年になる。

こんなに早く、改定新版が出せるとは。

『令和』様さまである。

七年の間に、いろいろあった。

『万葉歌みじかものがたり』の全巻刊行を終えた後、まさかの間質性肺炎で入院。集中治療室へ直行。あわやを乗り越えての五か月の入院生活。退院するも体重減は二〇キロ。

徐々に取り戻した体力の中、古典への思いの込み上がり。

体調を見ながらの取り組み。

そして、『古事記』『百人一首』『源氏物語』の現代訳をなし終えた。

遅々たる歩みではあるが古典の森は私を放

さない。

そこへ、今回の改元が来た。

改元に当たり「万葉集のどこにあって、どのような内容か」との問い合わせ。

「私が万葉集に関わっていることを、知ってくれている」との嬉しさと共に、またまた『万葉』が私を呼び戻す。

「なまじっかな取り組みではならない。今一層の精進を重ねなければ」との思いに駆られながらこの改定を進めている。

逃れ来て　いつ果てるやと　慄《おのの》きつ
急《せ》きつ休みつ　燃やすや命

令和元年　初夏・立夏も過ぎて

中　村　博

あとがき

望外の喜びであった。

第一巻を贈呈させて頂いた中学校恩師からの架電。

「こんな本があったら、国語の授業をもっと楽しくもっと有意義に教えられたのに、教え子で教師をやっている人に知らせてやります」

寄贈先の東北三県の中学・高校からも便りが届く。

「早速、子供たちが書架から取り出して読んでいました」「読書会で使おうと思っています」「関西弁が心地よいです」

また、新たに知己を得た友からは、『今様万葉歌人』の気恥ずかしい称号が。

「果報者よ　博　こんなにも分かってもらえる人がいる」

引き締まる気と共に、新たな勇気が湧いてきました。周囲の理解、素晴らしい協力者・応援者を得ての「万葉歌みじかものがたり」の船出。精進を重ねて続刊に心血を注がねばと思います。

節電猛暑が控えています。

万葉人《まんようびと》も、猛暑を経験したのでしょうか。

大伴家持に、日照り続きの田畑を案じ、

雲に祈り雨乞いする長短歌があります。

恙《つつが》無しの夏を祈念しつつ。

平成24年　夏・小暑

中村　博

中村　博　「古典」関連略歴

昭和 17 年 10 月 19 日　堺市に生まれる
昭和 41 年　3 月　　　大阪大学経済学部　卒業

・高校時代：　堺市成人学校にて犬養孝先生講義受講
・大学時代：　大阪大学　教養・専門課程（文学部へ出向）で受講
・夏期休暇：　円珠庵で夏期講座受講
・大学&卒後：　万葉旅行多数参加

・H19.07.04：　ブログ「犬養万葉今昔」掲載開始　至現在
http://blog.goo.ne.jp/manyou-kikou/
・H19.08.25：　犬養孝著「万葉の旅」掲載故地 309 ヵ所完全踏破
・H19.11.03：　「犬養万葉今昔写真集」犬養万葉記念館へ寄贈
・H19.11.14：　踏破記事「日本経済新聞」掲載
・H20.08.08：　揮毫歌碑 136 基全探訪（以降新規建立随時訪れ）
・H20.09.16：　NHK ラジオ第一「おしゃべりクイズ」出演
《内　容》「犬養万葉今昔」
・H24.05.31：　「万葉歌みじかものがたり」全十巻刊行開始
・H24.07.22：　「万葉歌みじかものがたり」「朝日新聞」掲載
・H25.02.01：　「古事記ものがたり」刊行
・H26.05.20：　「万葉歌みじかものがたり」全十巻刊行完了
・H26.12.20：　「七五調　源氏物語」全十五巻刊行開始
・H27.01.25：　「たすきつなぎ　ものがたり百人一首」刊行
・H30.11.20：　「七五調　源氏物語」全十五巻刊行完了
・H31.04.20：　「編み替え　ものがたり枕草子」刊行開始

犬養孝先生揮毫「まほろば」歌碑（春日大社）

《国随一《いち》の
良《え》え処《とこ》大和
山々の
青い重ねに囲まれた
大和良《え》え処《とこ》
愛《いと》しや大和》

倭《やまと》は
国のまほろば
たたなづく
青垣
山隠《やまごも》れる
倭《やまと》し麗《うるわ》し
——倭健命《やまとたけるのみこと》——
（「古事記」歌謡三〇）

本書籍は、2012年9月1日発行の「万葉歌みじかものがたり㈡」を改訂、新装版として発刊するものです。

令和天翔け
万葉歌みじかものがたり ㈡

発行日
2019年6月1日
著　者
中村　博
制　作
まほろば 出版部
発行者
久保岡宣子
発行所
JDC出版
〒552-0001　大阪市港区波除6-5-18
TEL.06-6581-2811(代)　FAX.06-6581-2670
E-mail : book@sekitansouko.com
郵便振替　00940-8-28280
印刷製本
前田印刷（株）

中村博著　古典シリーズ（A5判）

古語擬い腑に落ちまんま訳

七五調

源氏物語（全15巻）

中村さんの本は、肩の力を抜いて、普段着を着ている時に使っている言葉で語ったらこうなるだ、というマジックだ。（上野誠／奈良大学教授）

1 桐壺・帚木・空蝉・夕顔
2 若紫・末摘花・紅葉賀・花宴
3 葵・賢木・花散里・須磨
4 明石・澪標・蓮生・関屋・絵合
5 松風・薄雲・朝顔・少女
6 玉鬘・初音・胡蝶・蛍・常夏・篝火・野分
7 行幸・藤袴・真木柱・梅枝・藤裏葉
8 若菜上・若菜下（一）
9 若菜下（二）・柏木
10 横笛・鈴虫・夕霧・御法・幻
11 匂宮・紅梅・竹河・橋姫
12 椎本・総角
13 早蕨・宿木・東屋（一）
14 東屋（二）・浮舟・蜻蛉（一）
15 蜻蛉（二）・手習・夢浮橋

定価　本体1500円＋税

血湧き肉躍る活劇譚

古事記ものがたり

古事記編纂千三百年を期に、万葉学の気鋭が放つ一大スペクタクル絵巻。
稗田阿礼も地下で頷く、リズムやまとことばで現代に甦るエピック・ポエトリィ。

定価　本体1300円＋税